SCÉAL GHEARÓID IARLA

Samhlaithe ag Máire Mhac an tSaoi; tuig a léitheoir gur
mó ina fhinnscéal filíochta é seo ná ina stair.

Tiomanta do Mháire Mac Conghaíl, do Liz Ó Droma
agus do Geraldine Ryan

Buíochas ar leith do mhuintir Simms: do Chaitríona,
do Nioclás, do Mharcas agus do Lárans as eolas faoi
chogaíocht na Meánaoise. A chomhbhuíochas san do
Alastar Ó Ceárnaigh.

Scéal Ghearóid Iarla

Máire Mhac an tSaoi

LEABHAR
BREAC

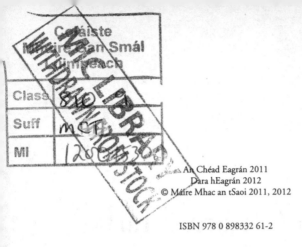
An Chéad Eagrán 2011
Dara hEagrán 2012
© Máire Mhac an tSaoi 2011, 2012

ISBN 978 0 898332 61-2

Clóchur agus dearadh: Caomhán Ó Scolaí
Clódóireacht: Clódóirí Lurgan

Foras na Gaeilge
Tugann Foras na Gaeilge tacaíocht do Leabhar Breac

Faigheann Leabhar Breac airgead ón gComhairle Ealaíon

*Tá an t-údar buíoch den Chomhairle Ealaíon as an sparántacht
a bhronn siad uirthi agus í i mbun pinn.*

Leabhar Breac, Indreabhán, Co. na Gaillimhe.
Teil: 091-593592

CLÁR

I
MACGHNÍOMHARTHA
GHEARÓID

Fuadach

Do ghreamaigh an leanbh a dhá dhorn in íochtar na máthar. Bhí an grianán, áras roghnaithe na mban sa chaisleán túir, 'na chíorthuathail timpeall orthu agus ise éirithe 'na seasamh. Bhí na mná coínleachta ag sciotaraíl: bean acu agus a trealamh fuála fáiscithe aici lena hucht, bean eile á chaitheamh uaithi; stólanna á leagadh ar gach taobh agus an tuirne 'na stad; siosarnach ag imeacht ó bhéal go béal: 'Dia idir sinn agus an anachain! Sé an tIarla atá chughainn! Sé Mac Thomáis féin é!'

Do labhair an mháthair, i bhFraincis chrochta na n-uasal ngallda. '*Á quoy, sire, doy-je l'honneur de ceste visite?*'

Do fhreagair an fear mór breá ó bharr an staighre sa teanga chéanna. '*Eh bien! C'est fait. Tu rentreras a tes frères et je garde le marmot*': Téir abhaile go dtí do dheartháireacha agus coiméadfad an tarbhlao.

D'ísligh an mháthair go glúine agus d'fhill a dá mhuinirtle leathana ar an leanbh chun cogar a chur 'na chluais, 'A Ghearóid, sé seo t'athair. Is rí mór é.

Tá sé fíor-cheanúil ort agus déanfaidh sé rí mór díotsa. Bí i do bhuachaill mhacánta agus dein mar a deirtear leat. Siúl amach anois chuige agus beannaigh dó.'

Níor thaibhsigh do Ghearóid go raibh aon chion ar leithridh air ag an bhfear mór breá. Thug an mháthair sonc beag sa droim dó á mhisniú, 'Coimrí Mhuire agus Íde naofa ort,' ar sise, agus dhruid sé amach uaithi. Bhí caipín beag den veilbhit chraorach ar a cheann, ar aon dath lena chóta cabhlach, agus bhain sé anuas go cúirtéiseach é, mar a bhí múinte dhó. N'fheadar sé arbh as Gaeilge nó sa bhFraincis ba chirte dhó beannú agus dá réir sin d'fhan sé 'na thost.

Do gháir an fear mór, 'Tá sé coráistiúil,' adúirt sé, fós i bhFraincis. 'Dual folaíochta dhó an méid sin. Tabharfad liom láithreach é. Féachfaidh an file id' dhiaidhse.'

Sheas sé i leataoibh ón staighre, agus ar a chúl, i bhfolús na bíse, do nocht an file é féin go follasach féinleor féna thuíon ioldaite. Do dhruid máthair Ghearóid siar uaidh, 'Fan amach uaim,' adúirt sí i malairt ghlóir, agus as Gaeilge: 'A mhaidrín lathaí, ar do shodar i ndiaidh na n-uasal duit.'

'Ar th'ordú, a bhean uasal,' arsa an file go séimh. 'Aithním mo mháistir, díreach fé mar dheinirse.

Raghaidh tú slán abhaile fé mo choimirce. Ná bímis ag bruíon le chéile.' Lean sé na céimeanna aníos agus sheas i measc na bantrachta.

Ag labhairt di anois as Gaeilge, thaibhsigh an bhean níos suaimhneasaí agus dúirt sí leis an bhfear mór, 'Beir leat fós a bhuime; ní bheidh sí muirearach ort.'

D'aontaigh an fear mór le gothadh cinn agus d'aithin Gearóid gur thuig sé an teanga san. Gan focal aisti dhruid Méaras, a bhanaltra, chun tosaigh agus chroch sí an leanbh ar a cromán. Bhí an staighre anois lán d'fhearaibh fé arm, cuid acu ag síneadh a muiníl le cíocras go bhfeicfidís na gnótha a bhí ar siúl thuas staighre i measc na n-uasal. Chuala Gearóid arís siosarnach na mban: 'Rúid Mhac Thomáis!'

'Fa'san!' arsa athair nua so Ghearóid, ar léir tiarnas a bheith aige, de sheanbhéic, agus síos na céimeanna ar scriú leis an díorma ar mhuin mhairc a chéile, le gíoscán leathair agus le gleithearán iarainn, gur shroiseadar an bábhún dhá stór síos mar a raibh na capaill ar adhastar. Do lean Mac Thomáis iad — má b'é a bhí ann — de chéim thromchúiseach agus, mar eireaball 'na dhiaidh, do thriall Méaras, ag iompar Ghearóid, agus scata den mbantracht ag brú phluideanna agus comhairle uirthi. D'fhan an bhean uasal agus an file mar a raibh acu, ise tostach, eisean ag portfheadaíl fén' fhiacla.

Bhain Gearóid sásamh thar meon as an gceann ar aghaidh a dheineadar ar mhuin na gcapall ar chos in airde, é soiprithe i bhfallaing in ucht a athar agus an t-aer 'na thimpeall ar tinneall le fuaim na gcruite, ard ar chloch, balbh ar fhód. Ar ndó, thit a chodladh air tar éis tamaill, agus nuair 'baineadh anuas é ó bhaclainn go baclainn is ar éigean a dhúisigh sé.

Solas na maidne a dhein é sin. Bhí sé cuachta ar shráideoig ar an urlár, drom le drom le Méaras agus ise 'na léine. Ar 'aghaidh amach d'aithin sé go raibh bean óg sínte a raibh boladh deas uaithi, agus gan aon léine uirthi in aon chor. Lig sí srannadh beag banúil aisti agus d'éirigh Gearóid aniar, ach níor dhúisigh sise. Bhí sé i halla mór fada agus grian isteach trí ghach fuinneog ann. Bhí a lán duine eile ann 'na gcodladh ar shráideoga ar an urlár fé mar a bhí déanta aige féin. I mbun an halla i gcúinne bhí leaba chnaiste fé chuirtíní leathair a bhí breac le hór. 'Na nduine agus na nduine thosnaigh na codlatánaigh ag corraí. Mná ar fad a bhí iontu agus bhí cabaireacht san uile ghlór chinn ar bun acu. Bhí crúcaí sáite i bhfalla an halla anso is ansúd agus fallaingí difriúla ar sileadh uathu. Chuaigh na mná á bprapáil féin. D'imigh bean acu leaistiar de chuirtíní na leapan agus cualathas comhrá. Fán am so bhí beirt chomhleapaithe Ghearóid éirithe agus fáisceadh a chóta cabhlach féin air. Bhí na mná anois ag teacht is ag imeacht sa staighre bíse, suas agus anuas, fios a gnó féin ag gach éinne acu, de réir dealraimh. Bhí Gearóid nite acu, thuas agus thíos, agus a cheann cíortha. Dheineadar go léir iontas dá dheirge agus dá fhinne, dá thoise is dá ghleoiteacht; ba léir dó gur bha mná sárthuisceanacha iad uile, agus bhí sé ar a shástacht 'na measc.

Ansan isea leathadh cuirtíní na leapan cnaiste agus facthas do chách an bhean uasal sínte siar inti in aghaidh na bpeiliúr bhflocais agus brat daor den bhfionna ba ghlé-dhuibhe de chuid na dobharchon anuas á clúdach. Ní raibh aon fháscadh den línéadach fána ceann, ach locaí liatha síos léi, agus bhí a haghaidh chomh bán le bainne.

'Mo ghraidhn í,' arsa Méaras féna hanál, 'Níl aon fhaid ar an saol so i ndán di.'

Do labhair an bhean sa leabaidh, 'Tabhair chugham é go bhfeicfead an cárta cúil.'

D'aistrigh bean lámh léi an chaint go Gaelainn agus thóg Méaras Gearóid ó thalamh gur chuir 'na shuí é ar an gclúid fhionna.

'Nach é Naoise ina steillbheatha é?' arsa an bhean teangan, 'Chomh bán le sneachta, agus a chóitín atá sróldhearg mar fhuil ar an bhfionna dubh! Naoise, an fear fial fosaidh, isé 'thosaigh na póga.'

'Ní ar a bhreáthacht atá gnó againn de,' arsa bean na leapan, ag tarrac na Gaeilge chúichi ar shon Mhéarasa, 'Bhí beirt mhac ag céile mo mhic, grásta uirthi, mairid, agus isé Mac Thomáis a n-athair. Mac ganfhiosaíochta é seo, cárta cúil mar 'dúrt. Is eol do ghramaisc na sráide an tIarla a bheith ar a sheach-nadh ó Rí Shacsan agus luath nó mall caithfear an scéal so a réiteach. Is eol don Rí Éadbhard a mbeith ann don mbeirt shinsearach; mac anaithnid é seo agus ní fearr d'éinne agaibh fios a bheith aici cá mbeidh sé ná cá mbeidh a bhuime. As so amach ná feicídh a bhfeicfidh sibh agus ná clois a gcloisfidh sibh. Agus, a bhean mhaith,' le Méaras, 'bíse tostach agus dílis thar chách.'

Altram

I leaba Mhéarasa a chodail Gearóid a chéad oíche ar daltachas ar láimh 'Mhá Cártha', agus, nuair a cailleadh ise, chuaidh sé i leaba Dhiarmada. B'é Diarmaid an mac ab óige de chuid an fhlatha agus coinníodh ag baile é. Cabaire beag a bhí i nGearóid.

'Cá fá,' adúirt, 'nach bhfuilirse in altram ar nós na coda eile againn?'

Do gháir an t-óganach lách dea-iúmarach, 'Is mé dríodair an áil,' arsa seisean. 'Is leasc lem athair mé 'chur i bhfiontar.'

Rinne an leanbh a mharana, 'An bhfuilimse i bhfiontar?' d'fhiafraigh sé.

'Ó a lao, níos mó ná éinne,' agus bheir Diarmaid barróg air, 'Ach ní baol duit, pé ní a thiocfaidh, féachfadsa id' dhiaidh!'

'Ní bheidh gá leis sin,' arsa Gearóid le mórtas, 'Isé m'athair Ardrí Éireann; dúirt Méaras liom é.'

'Bí ar t'aire,' ar Diarmaid, 'ná habair go deo le héinne an méid sin ar an láthair seo. Creid mise. Insa chomhluadar so is leis an gCárthach ceartas ríocht

Mumhan le sinsireacht, ó Dhiarmaid ó Duibhne aniar. Maidir le hardríocht Éireann, is linne í sin chomh maith, más mian linn tabhairt fúithe. Cuach thusa i nead an fhiolair, a chroí, agus oireann tost agus béasa duit.'

'Agus cad mar gheall ar Fhionn mhac Cumhaill?' lean Gearóid ar an gceistiúchán.

Bhí an freagra ag an bhfear sinsireach, 'Captaen amhsaine ar tuarastal ag Eoghanacht Chaisil,' do mhaígh Diarmaid.

'Agus Áine Chliach?' bhí ag teip ar mhisneach an linbh, ach bhí buanchas ginte ann.

'Cumadóireacht mhórluachach é sin de chuid na nGearaltach,' d'áitigh Diarmaid arís. 'Agus ar aon chuma ní hí a phósadh a dhein do shin-seanathair — má dhein sé aon faic — ach í d'éigean.'

'Cad is éigean?' ar Gearóid.

'Ní beag san mar cheisteanna,' arsa Diarmaid. 'Fair do chab agus dein mar deirimse leat.'

'Is mó ná san a dhéanfainn ar do shonsa,' arsa an garsúinín beag stóinsithe agus d'éist sé a bhéal, ach de réir a chéile chuaigh tosca na n-ordaithe i dtuiscint air. 'Is ait a' saol é,' mhachtnaigh sé. 'Ní gá go mbeadh an ceart ag Diarmaid, ach de mhéid mo cheana air, táim sásta déanamh dá réir. Mar sin féin,

ós ag trácht dúinn thar Dhiarmaid ó Duibhne, ní
fheadar an bhfeadar Diarmaid gurb é an torc atá mar
chírín ar armas na nGearaltach? Ní déarfad leis é;
b'fhéidir go scanródh sé romham.'

Ó am go chéile, thagadh Gofraidh file ar cuaird.
Feartaí fíorchaoin fáilte roimis; sean gach bídh agus
nua gach dí. Thagadh sé ar mhuin capaill, buachaill
agus reacaire lena chois, tionlacan armtha uaireanta
air. Bhíodh scéala leis ón saol corraithe leasmuigh.
'Fód ar bogadh í Éire,' adeireadh sé, agus le Gearóid:
'Mise th'oide-se, a mhic an Iarla. Dein mo réir. Is é
sin toil t'athar.' D'aithníodh Gearóid go mbíodh
díolaíocht éigin airgid i gceist óna athair go Má
Cártha, ach conas a bheadh san i gceist muna raibh
Má Cártha i dtuilleamaí éinne?

Bhíodh ar Ghearóid seasamh ar chúl na cathaoir-
each ag an bhfile ag friotháilt air, agus critheagla air
roimh chion a dhearmadaí a thitim air. Bhí teanga
shearbh neamaiteach ag Gofraidh. D'aithin Gearóid
an méid sin, agus níor mhian leis aghaidh na caor-
aíochta san a tharrac air féin. Dá chomharthaí sin
féin, bhain sé sult as deisbhéalaí an fhir dhána nuair

a bhíodh a shaotharsan á reic sa halla d'fhonn na hoíche a chiorrú. Théadh na ranna ceangailte 'na chuimhne agus bhraitheadh sé aithris orthu ag borradh in' intinn:

> 'Isé 'chuala:
> Ní bheir eacha ar dhuana;
> Do bheir an ní is dúthaigh dó,
> Bó.'

'Más fíor,' a mhaígh sé fé choim, 'gur éignigh fear dem' athardha Áine Chliach, is uaithise a fuaireas an cleas, mar an diabhal leathrann dá cheird a mhúin an Gofraidh seo dhom, agus féach go bhfuilid go léir ar mo chluais agam, fé mar shnapadh gadhar bruscar ón mbord.'

Fós ba ghnách sa halla lucht chaite léim, slogairí is rinceoirí claíomh, slogaire teine fiú amháin, cláirseoirí agus scéalaithe: gadaithe géar na geamhoíche, agus ós gach duine acu ghnóthaigh Gearóid a chantam fhéin foghlama, agus i rith an ama lean Diarmaid á chosaint ar aithis agus ar ansmacht, fiú nuair 'tháinig an scairt sall go Londain ón Rí Éadbhard chun an Iarla, agus gur thuig gach n-aon a phort súd a bheith seinnte.

Ón séiplíneach teaghlaigh a d'fhoghlaim an mac

18

freagairt an Aifrinn agus bunchlocha an chreidimh Chríostaí; tuigeadh Gearóid a bheith beannaithe ó phréimh, agus thosnaigh an téiric ag imeacht timpeall gur ord cléire a bhí i ndán dó. Chromthas ar Laidin a mhúineadh dhó agus musclaíodh thar n-ais a chuid Fraincise. Cuireadh é ag cleachtadh scríbhneoireachta ar chláirín, sara gcruafadh an lámh bheag ar dhorn-chla an chlaímh.

Agus d'eascair an leanbh in eagna, in aois agus i gcóraí i radharc Dé agus daoine; agus in am trátha do chuir a athair fios abhaile air.

Filleadh

'Fearann claímh críoch Fódhla — dá mbeadh an claíomh féin agam!' Bhí an stócach fionnrua a labhair sínte ar fhleasc a dhroma, bolg le gréin, ar fhód mín an tulaigh i bhfoithin múrtha na cúirte mar a raibh radharc aige ar theacht agus imeacht insna botháin ag bun an aird agus ar an ríbhóthar ag síneadh fad na feighle sa dá threo ó shuíomh an chaisleáin amach, thar machaire ó thuaidh agus siar ó dheas feadh na trá i dtreo chnoic agus sléibhte Chorca Dhuibhne. Lean sé ar aghaidh, 'Nach fada fairsing í Éire,' ar sé, 'ach cead í a shiúl a bheith ag duine.'

'Ní measa galar ná dóchas gan ábhar,' arsa a chompánach, fear beag dearóil, fé éide riabhach piús agus buí, súile donna veilbhite an mhoncaí ina cheann agus caipín adharcach na gcloigíní in airde air, é suite ar a chorraghiob acharacha nó, ar éirí corrathónach dó, ag aistriú go nós an táilliúra. 'Ná caith, a mhic an Iarla, an t-uisce salach amach gan fós an glan istigh agat. Cuir as do cheann go fóill beag cead siúil agus ceap do shuaimhneas mar a bhfuil agat. Meabhraigh an chomh mór san le cáineadh do chomhairle th'athar más meáite dhó tú 'chur le sagartóireacht féin? Is mó ceárd is measa ná tuairim is dínit na cléire, go mórmhór agus tacaíocht na nGearaltach leo, agus ós ag trácht duit thar chlaimhte, nach mó sagart sotalach agus bráthair borb ná scanraíonn ó fhaobhar d'iompar ná ó bhualadh craicinn ach an oiread.' Agus chrom sé ar phortfheadaíl fén' fhiacla, 'Bod mo shagairt thuarastail tá go fada seasaitheach ... fé mar dúirt an chuntaois leis an easpag.'

Las an garsún go bun na gcluas. 'Cuir uait, a Lúidín,' ar sé go buartha. 'Cuir uait, a gheocaigh. Fág an chaint sin. Ní haon tseó mór mé ar bheannaitheacht, ach má tá m'athair ag braith mé 'chur ar altóir — rud nach cinnte é fós in ainneoin gach tuair — ach cad 'na thaobh eile mé a ghlaoch abhaile? — ceapfad seift le bheith im' chléireach mhacánta más geall le breith báis féin liom san.'

'Beir, mhuis, id' chléireach sheang má sea,' arsa fear na gcloigíní, 'agus dá chomharthaí sin féin ní hé libhré an bhochtanais atá in easnamh ort.'

Shín an t-ógánach, a bhí ina luí ar fhleasc a dhroma, a dhá chois fhada chaola óna chabhail suas idir é féin agus léas agus stán orthu i leith is go mbeadh gach cliath dá raibh fuaite ar an dtriús breac a chaith sé á cur de ghlanmheabhair aige.

'Dar bportús, a gheocaigh,' adúirt, 'ach go bhfuil an ceart agat. Do thugais an fhírinne. Stór na rite, fuil Rí-Ghearailt, ach táimse go dtí seo i dtaoibh leis an bhfuil, nó le hainm na fola, gan radharc agam ar an stór. Mo léan nach i mo mhac biataigh dom, nó i mo shlataire de phór na dáimhe. Taibhsítear dom a shlí sa tsaol a bheith ceapaithe do ghach n-aon ach domhsa amháin. Féach muintir Dhálaigh. Ní feictear an seana-dhiabhal Gofraidh file i dtinneas aon duine clainne leis. Saolaítear gach mac leis agus — tur te don naíonán — siúd a ghairm ollamhan ullamh ina chóir, ag crú na n-uasal dhó i ndíol ar ranna. Foghlaim í a mbeinn féin deas uirthi is dóigh liom, ach a mbeadh an dúchas. San am a thugas ar daltachas i measc Gael ní raibh aon ábhar éigsín chun dulta síos liom ag cur cheathrúintí i dtoll a chéile. Ní haon dóichín mé chun Laidne ach oiread. I gcead duit, a Lúidín, rúnódh dom beatha an scoláire fáin. Nach suairc a thabharfainn na bóithre orm féin ar nós Mhic Conglainne fadó? Mochéirí ná méirse ní dhlífinn uaim choíche!'

Chrom an fear seoidh ar dhuanaireacht arís fé mar bheadh sé ag déanamh aithrise ar an ngarsún:

'Is go dtéann an t-éagan ar fuaid na hÉireann,
Is a chle$ití$ gé aige leaistiar dá thóin.'

De léim na heascún chuaigh an buachaill, béal fé,
ceangailte sa scornaigh as an rannaire agus leag i
ndiaidh a chúil é ar an bhféar, gach dara pleancadh á
bhaint as a chloigeann aige ar an dtalamh. 'Géill!' ar
seisean go fíochmhar. 'Déan méaram! Loirg phax! Ní
haon staicín áiféise agat mise más tú gadhar uchta an
Iarla féin.'

Le gach buille dá mbuaileadh, léim an glibe fada,
an cúlán a chaith sé ar an nós Gaelach, aníos dá shúile
agus thit arís.

Bhí fiacla an fhirín ag clagarnaigh ina cheann ach
níor thréig an magadh a shúile, 'Fóill, 'ardrí, fóill.
Geas duit glanadh do lámh im' leithéidse.' Staon an
t-ionsaí air ábhairín, agus d'éirigh leis suí aniar. 'Ná
déan fonód,' ar seisean, fé aithrí bréige. 'Seo chug-
ainn soitheach eile d'fhuil Rí-Ghearailt agus é ag
éamh ort — an soitheach folamh is mó gleo, adeir
siad, ach is beag amhras féna ghinealachsan más
duine le Dia féin é. Cos ar strae níor ligeadh leis an
gCuntaois, a mháthair — solas síoraí dá hanam —
an fhad ba bheo di.'

Chuir a chéile comhrá críoch ar an ráiteas le

seirfean. 'Ach cá bhfios cé thaithigh an Brianach mná, ba mhian leat a rá, seachas Mac Thomáis? Cér díobh an páiste? Cé thógfadh ar an Iarla é a bheannú uaidh siar? É chur in altram i measc na gCárthach?'

Thuirling tost orthu araon fé mar bheadh ábhar cainte ídithe acu leis an méid sin.

Gaol Fola

Le fánaidh síos uathu bhí na botháin breacaithe le garraithe agus le cróite éan agus mionstoic, coiníní agus colúir. I gcóngar láimhe dóibh siúd bhí úllord agus linn éisc. Ag déanamh a mbealach ón linn i dtreo an chaisleáin, tré shlacharáil bheatha na cosmhuin-tire, do nocht seanbhean mháthrúil ghlanchontanóis agus óigfhear fionn córach, eisean gléasta sa bhfaisean allmhúrach ba nódh dá raibh. De réir mar thánadar i ngiorracht don mbeirt ba chlos a ghlórsan go caointeach, ''Róidí, 'Róidí.'

Do scairt an ruaicín thar n-ais air de sheanbhéic, 'Anso, a leathamadáin, anso! Tair chugam i leith, a dheartháirín críonna, go múchfaidh mé an dá shúil ionat is go sacfaidh mé i gcarcar fé lic thú ar réigimein ghabhairéisc leasaithe agus dí de bhior bhoidcín, d'fhonn aitheantas na deirbhfhine a mhealladh agus dul i ríocht Mumhan.'

'A Ghearóid,' do labhair Lúidín go tomhaiste, agus do ghlan gach rian den ngreann dá chontanós agus dá ghlór. 'Cuir uait an bladhmann. Tá dhá ghné

fola sna Gearaltaigh, an chruáil agus an tséimhe. Baineann tusa le sruth na séimhe, is cros dot oineach an chruáil. Sé sin do gheas. Amanta is dual fios don ngeocach; tá an t-am so ar na hamanta úd. Dein éisteacht liomsa.'

Baineadh an chaint den ngarsún roimh dhiamhair an fhocail sin ach le hiarracht tháinig sé chuige féin, agus mhaolaigh ar ghuth a labhartha de réir mar lean sé ar aghaidh. 'Idir tú féin agus an pabhsae gléigeal de bhráthair sinsearach i Londain againn tá mo phortsa seinnte sara raibh caoi agam ar rince.' D'iompaigh sé ar fhear na gclog, 'An mbeirse mar chléireach, a Lúidín, nuair cuirfear ord beannaithe orm? Óró an ligint i bhásta! Ábhar fir chomh breá liom! Agus féach an gamal a dhéanfaidh ionad Iarla dúinn, muna mbainfidh an deartháir eile oidhre as an sonuachar mhascalach atá soláthraithe dó ag m'athair thall i Sasana, rud nach dóigh dhó ar an bhfuadar atá ón gcliabhán fé. Beirt ar fónamh iad! Cadar agus leath-dhuine, go sábhála Dia sinn! Maith an toradh ar shíol Niosta! Tá fhios ag Dia go raghainn ón dtaobh istigh den gcábún dearthár sinsearaigh acu ar mhaithe leis an síolbhach, ach ab é an chruacheist a bhaineann lem athardhacht féin. Fairis sin gan aon chaoi a bheith agam ar a leithéid agus mé teanntaithe anso, ná puinn seans go mbeidh a mhalairt fíor choíche. Is daingean an fál fé ghairdín na Hiosparadaes ceal caothúlachta. Má sea féin, *Nil desperandum.*'

Bhí aoibh an chainteora ag éadromú ar scéitheadh a rachta dhó, agus lena linn sin bhí an láthair sroichte ag na coisithe.

Bhí an geocach ar a chosa rompu agus dhein lútaíl go talamh. Níor léir aon tseanbhlas ar a bheannú rompu. 'Beatha agus sláinte, a Thiarna Nioclás.'

Do thug an t-ógánach galánta féna ndéin de shodar thuisleach ar nós an linbh, a ghnúis shoineanda naíonda lán de chion agus a ghéaga ar leathadh go fonnmhar chun a dhearthár. D'éirigh seisean ina sheasamh roimis agus, i leith is go raibh aithreachas air fén gcaint bhorb a thug sé uaidh roimis sin, d'fháisc chuige go muirneach ar a ucht an fear baoth. Shleamhnaigh an simpleoir chun a ghlúine agus d'fholaigh a cheannaithe i mbolg an fhir eile, barróg pháistiúil aige ar a mhásaí. Bhí idir dhéistin agus thrua le léamh ar éadan an tsóisir an fhaid a chimil sé a bhas go caoin den bhfolt slim síodúil ar dhath an lín.

'Ní baol duit, a mhaoinín,' ar sé. 'Tá Róidí anso agat. Tá Róidí buíoch díot. Gráín, gráín, a stórach. Dein láchaí le Róidí.' Tháinig an bhean choínleachta lámh leo agus scaoil sé cogar nimhe ina treo, 'In ainm Dé beir uaim é. Cuireann sé fonn uirlicí orm.' In ainneoin sin agus uile scaoil sé greim na lámh dá chrománaibh go socair séimh agus phóg an bhaitheas aolgheal go héadrom. 'Gabh isteach le Muireann, a lao dhil, tá sé in am súip agus soip do gharsún mhacánta. Beidh Róidí chugat láithreach!'

Éalú

Go hobann bhris ar an bhfoighne aige agus scair sé de léim uathu. 'Gura slán an comhluadar, an geocach, an mháthair áil agus an t-amadán mór. Táimse ag tabhairt fén gcoill uaibh!'

Phreab sé le fánaidh de rás, ag caitheamh a choirp ó thruslóig go truslóig, agus ina dhiaidh aniar go díscréideach ar a chúlaibh d'éalaigh ceithearnach de gharda an gheata á fhaire. Dá chaoile a chaith an tIarla leis an triú mac so, leis an leathfholaíocht, má bhí gnó aige anois de, ní bheadh fáilte aige roimh thuairisc a mhartraithe nó a fhuadaithe. Ní raibh baol go raghfaí amach air mar gharda; bhí prae na seilge gafa ina thaibhreamh féin.

Thug an ruathar slán an garsún go himeall na coille bige, a bhí fanta ina seasamh ar son foithine i measc na dtailte a bhí glanta mórthimpeall ar chaisleán agus ar chalafort, áit ar chaith sé é féin go talamh is gur fholaigh a leicne lasta i mbláthanna beaga an fhóid i leith is go dtálfadh a n-iolchumhracht faoiseamh éigin ar a ghoin.

'Ó, a Dhiarmaid, a Dhiarmaid, conas a mhairfidh mé it' éamais? Atáimse doilíosach tríot, a Sheanacháin liom, a bhráthair mh'anama; dob iontach mo ghrá ort a sháraigh grá na mban.' Rith nathanna chuige den dán díreach a bhí cloiste aige, rúnaíodar a chás:

> Scaradh éin le fíoruisce
> Nó is múchadh gréine gile
> Mo scaradh le sníomhthuirse
> Tar éis mo chompáin chroidhe!

Cár chuala sé an rann san cheana? Nó arbh é féin a cheap é? Ach ba mhinic ná feadar sé ciacu. Ghreamaíodh rithimí agus focail ina chuimhne agus saolaítí rompu a thuilleadh dá chuid féin, fé mar bheadh file leaistiar dá éadan ann. Uaireanta dob fhaoiseamh é seo, ach ní raibh an taom so ionfhoilicthe.

Ní raibh sé ionfhoilicthe! Bhí an iomarca den tsuathadh gafa aige tríd. Ní raibh seasamh tuillidh ann. Bhrúcht na deora loiscneacha thar maoil air i measc an mhísmín is na tíme, sruthanna beaga teo tré fhorfhás na néanfartaí. Chimil sé a ghríosghrua den gcaonach á smearadh fhéin dó le glaise is le láib. De réir a chéile mhaolaigh ar na trithí. Arbh fhéidir ná raibh ann ach coicíos gearr dulta thart ó thit an t-aer is an talamh ar a chéile? Agus gur smiotadh eatarthu mac an mhí-áidh, é féin.

Cuimhní Duarca

Fé mar thráifeadh teas na gréine ina chuisleana mhothaigh sé arís taisiriú na mara ar uair mhairbh na hoíche, boladh an tsáile agus na feamainní in áit ilchineál na meala ó chianaibh, bréantas bhéal na habhann ag lagtrá, marcshlua na gcapaillíní faoina bhfallaingeacha, é féin agus Diarmaid guala ar ghualainn ina lár istigh, allas, clingeáil ó bhéalbhach is ó airm, agus soilse an chaisleáin aduain ar an ndroichead rómpu, daingean os sruth agus croch an uafáis ar barr binne ina mhullach, teorainn chríche an Iarla, Caisleán na Mainge.

An glao ón bhfaraire: '*Qui va lá?* Cé siúd chughainn?'

'Cosa ó Mhá Cártha go dtí Mac Thomáis.'

'An baol dúinn sibh?'

'Ní baol.'

'Bhur dtoisc?'

'Gearóid, dá ngoirtear Mac an Iarla, a thabhairt ar láimh.'

'Scaoiltear an Tiarna Gearóid chun tosaigh oraibh i bhfochair a oide.'

Scartadh mór gáire ós na marcaigh sa dorchadas. 'As bhur meabhair atán sibh? A oide-sin, an ea? Go sámh fé chuilt shuain dó súd ag an am so d'oíche. Ní mheasann sibh príomhéigeas Éireann báite fuar fliuch ó shiúl na móinte ar mhaithe len bhur gcoileán a chur abhaile chughaibh? Ní haon choillí agaibh é Gofraidh Fionn!'

Bhris an glór slán óg ceolmhar isteach orthu. 'Mac Rí Mumhan anso mar urra ón' athair i nGearóid mhac Mhuiris, ó sé a pháirtí dílis é, a thionlacan ar láimh shábháilte go dtí dúthaí Gearaltach, gan buíochas d'aon teideal a d'fhéadfadh a bheith ó cheart ag aon Ghearaltach dá bhfuil ann chun na ndúthaí réamhráite!'

Garastún an chaisleáin a gháir an turas so, ach bhí meas le haithint ar an ngreann agus bhí údarás sa ghuth a d'fhreagair; ba léir go raibh ceannaire tagtha ar an bhfód. 'Is leor do bharántas, a Mhic an Rí. Druid amach ó do dhaoine 'ár dtreo agus beir leat do bhráthair altrama.'

Únfairt na náire athuair i bputóga Ghearóid anois díreach mar 'bhí an oíche sin ar an láthair úd. 'De ghrá Dé, a Dhiarmaid,' ba chuimhin leis á rá aige leis an slataire fearúil len ais, 'ná déan fonód fúm. Ní haon dalta rí-theaghlaigh mise ag filleadh ó altramas

ach giall síothlaithe a bhfuil a chuid fiúntais ar lár.
Féach an bhail atá orm. Féach mo chuid éadaigh féin
ina giobail. Mé gan faobhar ar iompar. Nach sin
breithiúnas t'athar orm? Agus an taise san do Mhac
Thomáis?'

Freagra réagánta ó Dhiarmaid. 'A rún mh'anama
istigh, ort féin amháin an locht. Tá rogha mo
bhardrúis fét' réir. An faobhar is liomsa is leat é.'

Leachtaigh gach crua sa tséimhe sin. Cad a bhí le
déanamh aige ach pardún a ghabháil. 'A thaisce, tá
iúmar neamaith orm anocht. Ní le tarcaisne dhuitse
a dhiúltaím ded fhlaithiúlacht, ach chun cion a
ndearmadaí d'agairt ar ár sinsear. Cuma cér díobh
mé; an sclábhaí féinig is fear dar liom! Cífear amach
anso fós nach in aisce do dháilis orm do charadas.
Ná moilleom a thuilleadh. Tá fios mo bhéas múinte
agat dom turas eile thar thurasanna!'

Bagraíodh an dá bhramaichín chun cinn thar
leibhéal na gainimhe. Leathshlí idir cheithearn agus
phortchuillís do scair an bheirt gharsún ó chéile le
haon bharróg fhoirmeálta amháin. D'fhill Diarmaid
Mac Cárthaigh ar a dhúchas agus thug Gearóid, dá
ngairtí 'Mac an Iarla,' aghaidh ar an saol a bhí roimis!

Bastard an Iarla

D'fhill sé ar an aimsir láithreach. B'eolach dó go beacht cá raghadh sé anois. Bhí cabhsa cloch treasna na habhann i measc na gcrann tamall isteach ón sráid. Is ann a théadh mná an bhaile ag déanamh níochána. Ba mhaith an sprioc iad chun spóirt, agus ba ghéar a bhí seisean 'na ghátarsan ó mhaidin. Ní raibh ann roimis inniu áfach ach an t-aon ghearrchaile amháin cromtha ar an mbruach os cionn a saothair. Dhruid sé aniar aduaidh ón dtaobh thiar uirthi ag súil le triopal a híochtair a chaitheamh leasnairde dá ceann, ach bhraith sise ag teacht é agus bhí sí iompaithe sara raibh an deis aige. Sifín caoltarraicthe buí agus a folt dubh siar síos léi. Má bhí sí an trí déag, sin a raibh. D'aithin sé í, iníon an bhrúghadh ón ngleann — a hathair pósta thar n-ais agus teist na boirbe ar an leasmháthair. Bhí an tuairgín 'na leathláimh aici agus grísc go huillinn uirthi, ó loscadh an tuartha.

'Bastard an Iarla!' D'éalaigh na focail uaithi de ghaiseá, thit an tuairgín, agus bhuail sí a dá láimh lena béal.

35

Bhí sí beag caolchnámhach agus buí ón ngréin, an léine trusálta ón uisce go dtí os cionn na nglún aici agus na muinirtlí go dtí na hascaillí. Ar í fheiscint chomh himeaglach san mhaothaigh an croí ann, ach fós mhúscail an tiarnúlacht. An dán díreach san, a bhíodh de shíor ag imeacht ina cheann, thug sé leide dhó, 'Geanúil iad ó bheith crón,' agus ba léir dó geallúint na háilleachta mar a bheadh ceo ina timpeall.

'Níl mo cháilíocht cruinn ar fad agat, a bhean na lorgan loime,' adúirt sé. 'Bhíodar pósta, agus chuir sé uaidh í ar iarratas Rí Shacsan. Cailleadh í dá bharr, le náire. Bean de Bhrianaigh a bhí inti. Dá chomharthaí sin féin, níl tuairim agam cé tusa?'

Ní raibh san fíor, ach ba mhian leis an tuairisc a chlos uaithi féin.

'Is lem athair an tábhairne,' d'fhreagair sí. 'Tugtaí "brughaidh" air, ach is "tábhairneoir" anois é. Baintreach fir é a phós thar n-ais. Sadhbh a tugtar ormsa.'

'Iníon a' bhrughadh,' ar seisean, 'ná goil. Ní baol duit mise. An gcaitheann do leasmháthair go macánta leat?'

'Caitheann,' ar sise. 'Ach tá beirt mhac aici.'

'Ná habair a thuilleadh,' arsa Gearóid. 'Beirt dhíleachtaí sinn. Is dual dúinn a bheith muinteartha.'

Do leath miongháire insna súile móra dubha aici. Chraith sí an léine anuas dá crománaibh gur chlúdaigh a glúine agus chuir lámh in airde ag cóiriú a cuid gruaige, a bhí éalaithe, mar d'aithin sé, ón mbanda línéadaigh a chaitheadh sí de ghnáth fána ceann, gruaig ar dhath an ghuail.

'Cé chreidfeadh choíche é?' ar sise.

D'iompar sé na héadaí nite dhi go cóngar an tábhairne, beagbheann ar fhiafraitheacht na ndaoine rompu sa ród, agus d'fhill ag portfheadaíl dó féin. B'ait leis mar bhí an cumha dúch ba luaithe air sa ló scaipithe. Rith a chuid smaointe de réir meadrachta:

> *Tair isteach, a dhreolán bheag,*
> *Is cuartaigh duit féin do nead....*

'Ní fada,' arsa fear na faire, sa tóir i gcónaí 'na dhiaidh go díscréideach, 'go mbeidh scaipeadh chlainn a' mhadra ar shíol an Iarla, a chonách san air agus maith a' scéal é.' Chríochnaigh sé de dhrannadh fén fhiacla.

Bhí uamhan roimh Mhac Thomáis i measc a mhuintire, ach ní raibh gean air.

Teaghlach an Iarla

Ní túisce a tháinig Gearóid i radharc an chaisleáin ná ritheadh amach ina choinne. Bhí seóinseáil mhór tagaithe ar an sráidbhaile, marcaigh armtha agus eacha ins gach cearn, agus fothragadh speisialta ar an mbábhún. Rug Lúidín ar sciathán air agus Muireann ar an gceann eile, gach 'In ainm Dé cá rabhais?' acu agus 'Tá t'athair tagaithe'.

D'ardaíodar leo é in airde staighre chun an phárlúis agus chuir 'na sheasamh é os comhair an athar ná raibh feicithe aige ó bhí sé féin ina phatalóigín. Bhí an t-athair san aosaithe go seoidh sochuma: coimpléas éigin curtha suas aige, b'fhéidir, ach é cruaidh folláin dea-iompair, agus chomh breá d'fhear agus a bhí riamh. Chaith sé a chotún ar leathoscailt agus bhí an fás fionna ar a bhrollach liaite. Bhí a scíth á ligint aige i gcathaoir uilleann.

'*Nom d'un nom!*' ar seisean. 'Cé chaith in airde air na giobail sin?'

Chruinnigh Gearóid a shlacharáil Fraincise chuige.

'Ba leasc liom bheith i dtuilleamaí na gCárthach fé éadach,' thug sé amach go misniúil.

Níor dhealraigh 'athair gur chuala sé é. 'Cuir chughainn bearbóir,' ar seisean. 'Réiteom láithreach a chuid gruaige ach go háirithe. Ní raibh ár súil le ceithearnach coille.'

Agus deineadh dá réir sin ar a' dtoirt, de dheoin Ghearóid nó dá ainneoin. 'Bearradh geoin,' arsa an file sin a mhair fé cheilt in intinn an mhacaoimh.

'Cad fén bhféasóig?' d'fhiafraigh searbhónta na rásúrach.

'Fág fás fós fúithi sin,' do gháir an tIarla. 'Meall-ann clúmh mná.'

Le linn na gcúrsaí seo go léir, bhí bean chiúin ina seasamh cois na cathaoireach i gcóngar an Iarla, í gléasta ó bhonn go baitheas ar an modh gallda, agus garsún chúig mbliana d'aois, geall leis de, lena hais. 'Isí seo,' arsa an tIarla, 'do mháthair; é seo do dhearstháir sóisireach.'

'Mar is toil let onóir,' d'fhreagair Gearóid agus, óir ba chuimhin leis i gcónaí a bhéasa, chuaigh sé ar leathghlúin chun na mná uaisle agus do phóg sé an lámh mhín a shín sí chuige. D'fhág san ar chomh-aoirde é leis an mbuachaill agus do stán an bheirt insna súile ar a chéile.

'Is dócha gur fearr é ná an ceann eile,' arsa an leanbh, agus scairt an t-athair amach ag gáirí.

'Déanfaidh sé ionad an dearthár i Londain dúinn,' ar seisean. 'Is sleamhain thall iad leacacha an tí mhóir. Sé seo an cárta cúil againn.'

Bhí an nath cloiste go minic cheana ag Gearóid; bhíodh sé mar leasainm air i measc na gCárthach, gan aon mhailís, ach níor thaitin sé leis mar chomharthaí sóirt. Mar sin féin ba léir gurbh é seo an stádas a bhí i ndán dó idir Ghearaltachaibh. Cheapfadh sé a shuaimhneas leis an méid sin, mar ba thaithí dhó riamh nuair nár iompaigh an saol amach ar a thoil.

Riarachán

Pé caoi a bhí ar Ghearóid maidir le héadach, ní raibh aon fhaillí déanta ag Cárthaigh á thabhairt chun tíoraíochais. Bhí sé sciliúil i marcaíocht agus i ngothaí airm agus oilte sa tseirbhís ba dhual ó shlataire do thuiste agus do thaoiseach. Má b'aon ísliú pearsan leis an méid sin, choinnigh sé fé rún é, agus le haimsir do gheal contanós an Iarla chuige, agus cloistí uaidh ar uairibh, 'Dar fia! Murab é is fearr den gcuaine é!'

Súile uaine a bhí ag an gCuntaois agus, nuair a chloiseadh sí an méid sin, thagadh drithle doléite iontu. Maidir lesna deartháireacha, bhí an duine le Dia meallta cheana aige, agus ba ró-fhuiriste dhó an fear beag coráistiúil a bhréagadh le scéalta fé luíocháin agus fé chomhrac, fé rite agus fén slua sí. Luigh Seán — sin é b'ainm dó — isteach ar Bhéarla a mhúineadh dhó: 'Ní deirtear é sin,' ba ghnáthaí leis a rá. 'Tá sé ráite anois,' adeireadh Gearóid, agus do gháirídís beirt in éineacht. Bhí an tinneas tar éis Dhiarmada i gcónaí ina chléibh, ach bhí cneasú déanta air thar goir, agus fós níor mhinic aga aige chun cuimhnithe ar chailín an tsrutháin, cé go gcastaí uaireanta ar chéile iad agus go mbeannaídís dá chéile. Bhí séala a n-aithne le braith orthu, agus deintí uaireanta fonóid dhíscréideach fúthu, ach an magadh a bheith neadhíobháileach.

Choimeád an tIarla de ló is d'oíche Gearóid lena shála, agus bhraith seisean gur aithin an marcshlua mar thánaiste é, agus muintir na gcaisleán mar an gcéanna nuair a théadh an teaghlach ar chamchuaird. Faghtaí blas ar nósanna Gaelacha sa tslataire ná geofaí orthu ó éinne eile: mharcaigh sé gan stíorópaí nuair ba mhian leis, agus bhí san ag éirí faiseanta i measc fostúch a chomhaoise in arm an athar. Lean an Ghaelainn 'na cheann á cur féin in oiriúint chun gach gnótha i bhfoirm rann, ach níor dheoranta leis feasta maithe nó mór-uaisle gallda, agus bhí ceárd an rialaitheora á fhoghlaim aige mar ba dhual dó. Insna laethanta san, ródaigh ceathrar marcach Eoin Shoiscéalaí críocha Éireann: an Bás, an Cogadh, an Phláigh agus an Gorta, uile ar chos-in-airde. Bhí taithí ag an slataire ó tháinig ann dó ar ghéim a choscairt; ach an fhuil a bheith téite ionat, bhí déanta amach aige, níor thaise dhuit sléacht an duine. Bhíothas ann a bhain súchas as a leithéid; níorbh amhlaidh dó féin, ach má bhí an gnó le déanamh b'fhearr é a dhéanamh le slacht agus gan cruáil iomarcach. Bhí nithe feicthe aige le bliain a cheap sé a bhainfeadh codladh ar a leabaidh d'aon fhíréan, ach ag titim na hoíche bhíodh sé traochta agus bhí sé óg; ar shíneadh dhó bheireadh tromshuan air go headartha.

Cé Phort Láirge

Ba ghnáthach dá athair le tamall anois cúraimí tábhachtacha substaintiúla d'fhágaint fé, agus is mar sin a tharla gur sheas sé lá ar ché Phort Láirge, ar aghaidh an tsáile, a shúil fad na feighle uaidh agus a aigne ar strae, b'fhéidir, beagán ón dtasc a bhí idir lámha aige.

Chuala sé an glór ar a chúl, 'Dhein fear díot, a Ghearóidín.'

D'aithin sé an guth, ach níorbh fhéidir don aithne bheith fíor. D'iompaigh sé ar a sháil agus dhein deimhin dá dhóchas. Diarmaid a bhí ann, ina steillbheatha, ard scópúil flaithiúil agus a ghéaga ar leathadh. Díorma fear ar a chúl, iad ag leathmhagadh, ach go lách, fén mbeirt fhear óg, a bhí um a' dtaca so i mbarróga ar a chéile.

'Cá bhfuil do choinnlíocht uait?' arsa Diarmaid, 'Ní oireann bailte cuain don spaistíocht aonair. Ná dein taithí dhi, a dhalta. Braithim drochthuar uirthi!'

'Nílid ach fead ghlaice uaim,' do fhreagair Gearóid. 'Dána gach madra ar a bhuaile féin.'

Do mhaigh an gáire ar Dhiarmaid. 'Coimrí m'anama ort, a rí an tí,' ar seisean. 'Fánaí bocht deoranta mise.'

'A bhráthair na n-árann' — bhí tocht i nglór Ghearóid — '*Plusque frater mihi,* tá san agat agus beidh choíche go mbuailfidh spéir is talamh ar a chéile. Nuair a thugas ar dtús fé rannaireacht ghlacas móid gach adhmad de mo chuid a thoirbhirt duitse, leathrann trom ar gach rann éadrom, le saol na saol.'

'Go sábhálaidh Dia sinn!' Baineadh siar as an sinsear idir mhagadh agus dáiríribh. 'Bhfuileann tú fós ag gabháil den aiste sin?'

'Coinníonn sé ar mo chéill mé,' arsa Gearóid, gan a bheith róshásta. 'San uain scanrúil seo tharla ann, is cosaint ar ghráin iad na ceathrúintí. Fós, tá sé sa bhfuil; fiú an sean-Iarla in' óige, bhreac sé ranna. Bhí clú na seanmóintíochta air munab ionann agus clú na seanma. Nár chualaís riamh trácht ar Shanasan Iarla Dheasmhumhan? *Folie fet qu'en force s'afie:* Maol muinín i bhfóirneart máighe! mar déarfaí as Gaelainn. Féach go dtugann na Gearaltaigh an dá thráigh leo!'

'Taoi searbh.'

'Molaim an t-áth mar fhaghaim romham. Caithimis uainn é mar scéal. Cad a thugann tusa anso?'

'Last fíona do Mhá Cártha.'

'Áhá…. Cad as don last?'

'Ó Mynheer Falke van Flushinge.'

'Súil le Dia agam nach bhfuilim féin ag braith ar an last céanna.'

'Seans go bhfuil ár riar araon ar bord aige.'

'Go lige Dia! Ach ar aon nós, is tusa atá deoranta anso agus mise fear an ósta; géillfead mo cheart duitse.'

'B'fhearr liom gan bheith i dtuilleamaí ort.'

'Cuir uait an stáirse. Nach beirt dearthár sinn. Téanam go n-ólfam deoch. Tharlódh go mbeadh feitheamh fada orainn; árthach beag stóinsithe maolchuartha í agus tá sí fós ag soncadh roimpi.'

Go bhfacadar chucha an stócach ar táinrith agus dorn de cheithearn an Iarla ag deifriú 'na dhiaidh agus saothar orthu. Ar fheiscint Ghearóid dhó liúigh sé os ard, '*Hu et cri! Heo in sihth!*' Nuair shrois sé iad, stad sé ag stánadh dhó ar Dhiarmaid.

'Sé seo mo dhreatháir óg, Seán,' ar Gearóid go tur. 'Ní scaoiltear amach puinn é idir dhaoine, agus n'fheadar sé cén teanga a labharfaidh sé. *Salue donc* an rí-dhamhna, mac rí Mumhan, a Sheáin.'

Scuab an garsún an caipín dá cheann agus thug faoi ghlún d'fheacadh chun Dhiarmada.

'Fóill, fóill!' ar seisean go dea-iúmarach. 'Cuir ort

thar n-ais do bhairéad. Téann greann do dhearthár shinsir thar fóir. Níl ionam ach teachtaire óm athair, ar chuma Ghearóid fhéin ó bhur n-athair agaibhse, agus fáiltímid araon roimh do scéala. Sheo linn faoi dhéin an bháirc, in ainm Dé.'

Um an dtaca so bhí formhór lucht na sráide ag déanamh ar an gcé, iad ag brú a chéile rompu, ach iad ag seachaint na bhfear n-armtha mórthimpeall na n-ógánach go haireach.

Fé mar bhí ráite ag Gearóid, árthach beag tóstalach a bhí inti, í ag únfairt san uisce ar cheannaibh na dtéad a bhí á tarrac as a ceann chun an ché ag lictéaraithe sciliúla an bhaile.

Cheana féin rompu ar an gcé bhí grúpa de mhaithe an bhaile 'na seasamh ar fionraí, cótaí agus ionaracha go troigh orthu, slabhra óir á chaitheamh ag duine acu — an méara? Ní raibh aon fháilte le haithint orthu roimh champaí na n-óigfhear.

'Móra dhaoibh, a shaoirfheara,' arsa Gearóid, 'Tá ár súil, dár liom, leis an áimear céanna.'

'*Hwaet saegeth he?*' cheistigh fear an tslabhra ar a raibh thart.

D'fhreagair Seán Deasmhumhan. '*He biddeth thee good-morrow, fair sir,*' ar seisean.

'Ingilis, eangalais, clampar dála,' chan Gearóid le droichmheas. 'An lao ite is é i mbolg a mháthar. Dein teanga labhartha dúinn feasta.'

Agus is mar sin a rinne an garsún, agus fuair sé a chéadbhlaiseadh den mhargántaíocht a bheadh á dhéanamh as san amach aige, ar shon Ghearóid ar feadh a saol in éineacht.

'T'rom fáinne ár n-athar,' loirg sé ar Ghearóid, 'agus scríbhinn an mhaoir againn.' D'umhlaigh sé ansan chun Dhiarmada. 'An mbeadh comharthaí aitheantais agat féin, a dhuine uasail?'

Fuair iad, agus, an méid sin de thaca aige, dhruid sé arís i leith lucht an cheannais. Réitíodh go raghadh an méara agus a chléireach i dteannta na beirte óganach agus Sheáin ar bord le chéile agus go riarófaí an last oigiséad eatarthu a dtriúr custaiméir. Chun an scéal a chur 'na ghearr, sin é a tharla agus deineadh iontas dá laighead achrainn a tharraing an gnó in' iomláine, go fiú íoc na cánach!

'Ní mó ná sásta a bheidh Má Cártha leis an riaradh,' arsa duine de leanúnaithe Dhiarmada go neamh-maith, 'im thuairimse ach go háirithe.'

'Ní raibh fhios agam,' arsa Diarmaid leis go tur, 'go rabhais i bpáirtíocht lem athair ina chomhairle, a Mhic an tSíthigh.'

Shearr an Sítheach a ghuailne, ach thost sé, agus ghluais an pléisiam chun siúil, Diarmaid ar mhuin capaill, na bairrilí fíona ládaltha go haireach ar shleamhnán fhada a raibh féire damh teacaileáltha fé, agus an cheithearn de shiúl a gcos. Sa treo eile ghabh díorma bheirt mhac an Iarla agus a marcshlua mórthimpeall ar charr shuaithinseach rothanach, péinteáltha fén' iomad dathanna, a chuirfeadh cáil únaera an lasta os ard.

'*Ton sauvage me plaist,*' ar Seán.

'Seachain do chlab!' ar Gearóid.

Agus go muinteartha ar an gcuma san, chuireadar chun bóthair.

Cúrsaí Cleamhnais:
An Ghaillseach agus an Dreolán

'Tá sé in am agat pósadh,' arsa an tIarla.

'Conas 'áiríonn tú é sin?' d'fhiafraigh Gearóid.

'Tá fear marbh agat,' d'fhreagair an t-athair, 'Níl aon bhuanaíocht agat ar do bheo a thuilleadh. Ní mór duit an bhearna a líonadh.'

Bhí sí i mbís na staighre roimis, céile 'athar agus máthair a dhearthár, agus ní raibh éalú uaithi. Í chomh caol leis an eas fé ionar ghlasuaine, a cromán géar ar aon leibhéal len éadan.

'Táthar i mbun do chleamhnais, a Ghearóidín,' adúirt sí fé scige agus barróg na bhFranc ar a cuid Gaeilge. 'An rabhais riamh fós le bean? An mbeadh cleachtadh uait sa tsúsa? Sé deirtear fút ná haorann tú méirdreach ná geocach.'

Las an garsún ó bhonn go baitheas; le méid an

tochta ina scórnach is láidir má fhéad sé focal a chur
as. Gnúsacht a chuala sé uaidh fhéin, ach d'éirigh leis
an chaint a chur i gcéill, 'Fág mo bhealach, a ghaill-
seach....' agus theip air a thuilleadh.

Gháir sí mar a bheadh craobh chloigíní, *'Qu'il est
sage, le jouvenceau!'* agus chuir sí di arís an staighre
suas, ag sciotaraíl fós di.

Fágadh 'na staic é, ach de réir a chéile shuaimh-
nigh sé agus do ghaibh a mheon réagánta nádúrtha
leastuas den ngráin agus den ndéistin. Bhraith sé an
rannaire sin 'na cheann, ó b'annamh na thost é, á
mhúscailt, 'Mairg a chuirfeadh geall a mnaoi ... go
bhfóire Dia orm,' do mhachtnaigh sé. 'Tá dála
Phaedra mar mháthair agam, agus táim i dtinneas
rannaireachta. Seans nach droch-chomhairle áfach é
an méid adúirt sí liom,' agus phrioc an bheach é
chun dulta ag cuartaíocht ar iníon an bhrughadh.

An Dreolán

Bítí uaireanta ag magadh fé mar gheall uirthi, toisc
gur chaith sé i gcónaí léi mar a dhéanfadh le bean
uasal. Maidir léithise, bhain modhúlacht léi a chosain
ar dhánaíocht í, ach thuig sé riamh ná raibh aon
doicheall inti roimh a chuideachta. Bhí, tar éis an
tsaoil, aonarántacht ag roinnt leis an mbeirt acu.

Thug sé tigh an óil air féin; níor mhinic ann
cheana dhó agus ní raibh riamh in' aonar ann. Tigh
fada ceanntuí a bhí ann agus radharc ar na frathacha
in airde istigh ann. Bhí sciar fhairsing shlachtmhar fé
ghnó an óil ann: luachair ghlas úr ar an urlár, binsí,
boird, cúntar agus foireann áraistí mar d'oir ann, doras
iata ar thaobh na gaoithe, staighre chun an lochta
thuas ar chúl an halla agus, leaistiar de sheilpeanna
an chúntair, cistin acrach chun cócaireachta le feis-
cint, teine agus poll deataigh ar fónamh inti. Sheas
sé ag an gcúntar agus ghlaoigh ar mheadar fíona. Bhí
súile an chomhluadair sáite ann, ach níor chuireadar
chuige ná uaidh.

Sheirbheáil fear an tábhairne é. 'Bail agus sláinte go ndéana sé dhuit, a Mhic an Iarla,' ar seisean.

'Go mairirse,' arsa Gearóid.

'B'annamh let onóir turas orainn,' arsa an tábhairneoir.

'Ní fearr am ná anois,' arsa Gearóid, agus fágadh cúrsaí mar sin.

Bhí sé ar an tarna meadar nuair a sheas sí go hoscailte len ais. I ngleo an tábhairne ní bheadh clos ar chomhrá.

'Bhí gnó agat díom,' adúirt sí.

'Bhí,' ar seisean. 'An maighdean tú?' d'fhiafraigh sé.

'Agus trúpaí th'athar ar na bólaí?' ar sise. 'Ná dein fonóid fúm.'

'Ach níl ionat ach gearrchaile!' ar Gearóid.

'Is bean anois mé,' a d'fhreagair sí.

Bhraith sé tonn feirge agus éada ag cúrsáil tríd agus bhog sé chun imeachta.

'A mhic an Iarla,' ar sí, 'inis dom fáth do bhuartha. Cuimhnigh nach bhfuil ionainn beirt ach díleachtaithe gan mháthair mar dúraís liom; ní mór dúinn fónamh dá chéile!'

'Is cuimhin leat na focla san uaim?'

'Gach focal dá ndúraís.'

'Tá siad ag braith ar mé phósadh.'

'Tá sé thar am,' ar sí.

'Ní bheidh aon aithne agam uirthi.'

'Ní raibh agamsa air siúd.'

'Níor luíos riamh le bean ó bhíos i gcomhleapachas le mo bhuime. "Ní heol dom cobhlach a ghléas," fé mar deir an t-amhrán.'

'Ró-eolach atáimse ar na cúrsaí sin, agus is fada samhlaithe ag na comharsain go bhfuil an cóngas san eadrainne beirt le tamall anois.'

'Dar an leabhar!' arsa Gearóid. 'Mo-chion dár lucht abartaigh! Agus an bhfaighinn ceacht uaitse?'

'Ó chaitheas an choinneal,' ar sise, 'loscfad duitse an t-orlach. Cá ragham?'

Agus is mar sin a chuir Gearóid aithne ar dhiamhair na suirí, agus is ansan a chríochnaigh sé a chéad dhán grá do mhnaoi:

> Tair isteach a dhreolán bheag
> Agus cuartaigh duit féin do nead,
> Do bhéarfainn duit cliar na gclog
> Nach ndéanfainn faillighe ionat.

Fós, is mar sin a tharla, nuair a saolaíodh Seán mac an Iarla ón mnaoi uasail, Eilionóir de Buitléar, sa chaisleán, gur rugadh Séamas mac an Iarla timpeall an ama chéanna d'iníon an bhrughadh i dtigh an óil.

Le linn na gcúrsaí seo go léir d'fhair an Chuntaois feadh an ama an leasmhac, tré shúile caola glasa neamh-maithe, agus níor labhair focal leis. Tháinig an Nollaig agus Oíche Chinn an Dá Lá Dhéag, Oíche na dTrí Rite, agus bhí féiríní á malartú sa teaghlach.

'Cogar i leith,' arsa Seán le Gearóid go soineanta, 'Cad a fuairis ó Madame Mère?'

Tugadh freagra giorraisc air, 'Ní háil liom uaithi ach séad go rinn.'

Lig Seán fead fén fhiacla. 'Óhó,' ar seisean. 'Is ón gcearn san atá an ghaoth. N'fheadar an domhan cad a cham srón firín?'

'Ní fearra dhuit a bheith á fhiafraí,' agus bhí doicheall i nglór Ghearóid a chuir an garsún eile 'na thost.

II
AN tIARLA ÓG

Pósadh, Breith agus Adhlacadh

Maithe agus móruaisle Gall den gcuid is mó do fhreastal ar bhainis Ghearóid leis an mBuitléireach mná. Gearrabhean — í fionn mion tiubh — a bhí sa bhrídeoig.

'Níl sí mí-dheas,' de chogar ón deartháir, Seán, ina cháilíocht mar fhínné, i gcluais an chleamhna.

'Atá an buafalán buí fós,' mhaígh Gearóid.

Tar éis na scléipe thart agus iad in aon leabaidh, chrom sí ar phusaíl ghoil nuair a ghabh sé chuige í.

'Go bhfóire Dia orm,' ar seisean fé choim. 'Níl inti ach leanbh.'

Má sea, d'éirigh leis í a thabhairt chun suaimhnis agus thit a codladh uirthi agus a ceann in' ucht. Fós, ní go dtí tamall ina dhiaidh sin áfach, a cuireadh múineadh chailín an leanna i gcrích.

Sheol sé abhaile í, a chéile pósta, í féin agus a coimhdeacht go hOileán Chiarraí. Ar an slua bhí abhac, cruitire na 'Cuntaoise,' feairín beag dearóil darbh ainm Fraenaí. Bhí sé de nós aige an oíche a chaitheamh ar shráideoig i seomra a mháistreása, ach ba ghearr gur ardaigh Gearóid as an luítheol san é le barr a bhuataise amach. Cheap an créatúirín a shuaimhneas leis an méid sin mar dhéanfadh fealsamh. Má bhí an bhean óg míshásta, níor dhein sí aon ghearrán. Le himeacht aimsire bhí gill a gcur ciacu is túisce a thiocfadh chun solais fear an tábhairne nó fear an chaisleáin. Ní raibh aontsúil le baineannach. Scoith fear an chaisleáin an leasdeartháir de ló, rud a chuir teangacha lucht eolais ag bogadh, agus Gearóid ag meabhrú roimis ar an am a bhí le teacht.

'Ní féidir é a choimeád anso,' ar sé le máthair an tsóisir. 'Chothódh sé círéip. Cuirfeam in altram é agus raghairse mar bhuime leis. Bail ó Dhia air, déanfaidh sé fear breá.'

Má bhí aon chur 'na choinne aici níor léirigh sí é. I measc Bhrianach a hoileadh an bhunóc — an sciar bheag scartha san acu súd a bhí umhal do Ghearaltaigh — ó bhí a leithéid ann. Sarar chuireadar mac agus máthair chun bóthair do labhair sise focal deireanach leis an athair. 'Scanraíonn an leanbh so mé,' adúirt sí. 'Tá neamh-maitheas ag roinnt leis.'

'Fastaím, a chroí istigh,' do fhreagair Gearóid. 'Nach bhfuileann tusa aige? Agus nach méanar dó é sin? Tabhair aire mhaith dhó, agus féachfadsa chuige go mbeidh aithne aige ar a athair.'

'A lao dhil,' ar sise, 'is den aitheach-tuaith sinne. Bhíomar ann roimh theacht na gCárthach. Inár meascna is le sliocht na máthar a chlaíonn an leanbh.'

'D'imigh sin agus tháinig seo,' ar Gearóid. 'Is mac beag mise de shíol mhac Bhriain nár hoileadh riamh i measc Gall, mar a deir an t-amhrán. Anóthair, ní scaradh go héag é.'

Agus do phóg sé go dlúth í roimh chasadh ar a sháil. Bhí cúrsaí buartha seachas í aige timpeall an chaisleáin.

An Fiabhras Aerach

Ní raibh a chéile leapan ansan ag téarnamh ar fónamh ón leaba luí sheoil. Níor shuim léi an leanbh; bhí, ar ndó, buime diúil aige. Ar uairibh bhíodh sí soineanta soilbhir mar pháiste, ar uairibh eile duairc dubhrónach doshroiste. Bhíodh giotaí d'amhráin i bhFraincis nó i mBéarla — ó bhí san aici mar ba ghnách le Buitléirigh — á ngabháil di tamallacha:

> I wolde, I wolde, I wolde in vayne,
> I wolde I weare a mayde agayne,
> A mayde agayne I'll nevair be,
> Till appelen grawen ont' wahlnutte tree!

Ní raibh goile aici d'aon bheatha, ach íota chun fíona fé mar bheadh dúil aici aithne a tosca a bhádh san ól. Níor bhog an t-abhac óna taobh; d'fhan cuachta mar a bheadh spáinnéar ar a chorraghiob ar imeall íochtar a gúna ag méaraíl dó ó am go ham ar an gcruit. D'éirigh comhthuiscint idir é féin agus Gearóid, ag faire uirthi araon dóibh ar bheagán

dóchais. In ainneoin a ndícheall d'éalaíodh sí uair-
eanta; fuairtheas turas amháin í i lár na hoíche ar
bhruach an mhóta agus í ag éamh ar a Deaide agus
gan uirthi mar éadach ach bairlín leapan casta ar a
com!

Bhí cogarnaíl ag seana-chailleacha an chaisleáin,
'Sé an fiabhras aerach é. Nach maith nár bhac sé len í
bhréagadh.' Níorbh i ngan fhios do Ghearóid an
méid sin: 'Breast orthu!' d'eascainigh sé de dhrann-
adh, 'Nach bhfuilim tnáite á cúirtéireacht!'

Mairbhriar

Is i gcaitheamh an ama san a tháinig scéal bháis an tseanIarla. '*O Robin Wren*' arsa Gearóid leis féin, '*Tho' long you ran, you are caught at last!*' Bhí sé dulta i dtaithí a phearsan mar thánaiste agus bhí athruithe móra stádais á dtuar dhó anois. Gairmeadh in' Iarla an deartháir Sasanach agus do scríobh Gofraidh Fionn Ó Dálaigh — cé eile? — dán breá fáilte agus molta dhó. D'éist Gearóid le seanabhlas lesna ranna á reic. 'Bhí an ceart ag Diarmaid,' mheas sé. 'Níor ceapadh ríocht Mumhan, ná bac le ríocht Éireann, do Ghearaltaigh, don nGearaltach so ach go háirithe, agus is in aisce atá beirt mhac agam.'

Chuala Seán é agus d'fhéach go seanchríona air, 'Drochraith ort, a Éire!' arsa seisean, 'agus a ndeintear d'amhráin ort!'

'A dheartháirín, a thaisce,' mhaígh Gearóid, 'Taoi Gaelaithe do dhóthain. Ná tabhair chun seanabhróga é.'

In ainneoin sin d'fhéach sé féin, agus Seán mar chomhghuaillí aige, chun gach oiriúna go scrupallach.

'Pé acu thuas nó thíos iad,' arsa Seán. 'Ní bheidh milleán ag éinne de bheirt acu, ag an athair ná ag a mhac, orainne.'

Luíodar isteach ar fhionnraí; dhealraigh feabhas ar Eilionóir; d'iompar Gearóid go cúirtéiseach cineálta é féin lena leasmháthair agus d'fhéach amach le carthain don simpleoir sinsearach. Bhí sé ina chalm roimh stoirm.

Tháinig an droichscéal 'na bhraon agus 'na bhraon: má ba dhroichscéal é. Bhí moill ar an árthach ar a raibh an tarna hIarla. Bhí an aimsear bagarthach, b'fhéidir nár sheol sí; ba chinnte gur sheol; fórsáladh í dá cúrsa, bheadh tuairisc uirthi fós; ní raibh; ní raibh dóchas ann a thuilleadh: glacadh leis go raibh an bád dulta go grinneal, agus tarna hIarla Dheasmhumhan ar shlua na marbh. Bhí aigne Ghearóid 'na líonrith. B'fhíor go raibh deireadh dúile tugtha aige le tiarnas ó chianaibhín, ach níor bhain aon bhoigéis leis an gcinneadh sin. Níor bhac sé le cumha a chur amú ar bhráthair narbh aithnid dó agus d'aithin sé láithreach go raibh srianta na cumhachta idir a dhá láimh aige féin. Tharlódh go mbeadh teideal na hIarlachta ar an simpleoir; ach is ag Gearóid a bheadh riaradh gach coda eile den oidhreacht. Thac-ódh Seán leis; níor ghá an cheist a chur. Bhí an chomhghuailíocht san suthain. Stán an bheirt acu ar a chéile.

'Beir leat garda oiriúnach agus seo leat go Baile Átha Cliath,' ar Gearóid. 'Beir uaim chun an tsaoiste ann — pé ainm a tugtar air — mo bheatha 's sláinte. Abair go bhfuilim dílis do Rí Londan agus in inmhe fearann Deasmhumhan a chosaint ar a shon. Seamhraigh. Seasódsa an fód anso. B'óige ná sinne é ár n-athair nuair a cinntíodh é i bhflaitheas.'

Níor dhein Seán aon mhoill, agus dob éifeach-tach an t-eadarghabháilí é, as a óige, a chuirtéis agus a dhírí, i dtreo gur tháinig ó Londain na cartaí cuí:

The King, in order to allay the "magna commocio et guerrina perturbacio" ... which after the death of Morice, Earl of Desmond, had arisen among the Irish enemies and the English rebels in Munster, conceded to Gerald of Desmond, the said Earl's br., the custody of all the castles, lands, and serjeanties, in cos. Waterford, Cork, and Kerry, which the said Earl had held at his death.... And ordains, considering the probity, sense, and virtues inherent in said Gerald, that he find Nicholas his elder brother (fratrem suum seniorem) in food, clothing, and other necessaries by reason of the idiotcy of said Nicholas.

'A bhuí le Dia,' arsa Gearóid. 'Ba cheart go sásódh an méid sin Mór Mumhan — fiú má bhíonn baindéithe cáiréiseach — déanfaidh an sop ionad na scuaibe, agus tá Gearaltaigh fós sa réim is dual dóibh.'

Eachtra Leonaile

Tháinig an Prionsa, mac an Rí, Leonail, Diúice Chleárans, go hÉirinn. Chuaigh maithe agus mór-uaisle Gall féna dhéin agus ghaibh sruth misnigh agus scléipe trís a' dtreibh sin, toisc aitheantas a bheith fachta acu ón dteaghlach ríoga féin.

I mBaile Átha Cliath agus ar fuaid fearann Gall fearadh féastaí, flaitheanna, giústáil agus aontaí. D'fhreastail Gearóid ar a chantam acu agus tharraing sé aire an phrionsa. 'Aithníonn,' cheap Gearóid, 'ciaróg ciaróg eile. Bhí báidh ag m'athair len' athair-sin in ainneoin gach dealraimh. Ní taise dhúinne é.' Ba léir an bheirt ógánach a bheith fábharach dá chéile agus thóg feidhmeannaigh bhainistí na ríochta ceann den mhéid sin, i dtreo gurbh é tús agus deireadh na mbeart gur hainmníodh Gearóid, ar fhilleadh don Diúice Leonail ar a dhúchas, 'na ghiúistísire ar Éirinn, sé sin in' fhear ionaid do Rí Shacsan, d'Éadbhard III.

Idir an dá linn cruthaíodh muintearas na beirte ar chuma shuntasach. Nuair tháinig an bheirt ógfhlaith aghaidh ar aghaidh lena chéile d'adhain spré eatortha. Dhlígh Gearóid dílse agus urraim don Rí i bpearsain an fhir ionaid thar ceann a thailte féin agus an stádais aige. Ag machnamh dó roimh ré ar an méid sin, níor fháiltigh sé puinn roimh an searmanas, 'dul fé dhíon Rí Shacsan,' mar thugadh stairithe Gael air. Má sea, nuair chuaigh sé ar a ghlúine agus gur chuir sé a dhá láimh idir lámhaibh Leonaile, ba léir go rabhadar araon fé chuing ag aon dualgas amháin, cúram a dhéanamh d'oidhreacht nár loirg aon duine den bheirt acu í; b'fhéidir nár chun aimhleasa ar fad a raghadh brí na mionn solamanta go léir, seans go rathófaí iad amach anso.

Agus é ag faireadh 'na dhiaidh sin ar a chomhleacaithe ag comhlíonadh na ngnás céanna, dhein sé iontas den saibhreas agus den tsuaithinseacht a bhain le gléasadh lucht na cúirte. Bhí léine an Phrionsa maisithe le snáithín óir agus le bua-chlocha; bhí fionna luachmhar den eirmín feadh riostaí, muiníl agus cochaill a bhrait; bhí sé réaltanach, ach ní ar a shon féin a lonraigh sé, bhain an soilsiú leis an gcoróin. Ar an gcuma chéanna bhain aibíd mheasúil shimplí Ghearóid le dúchasaigh chríoch na n-imeallach, agus bhí móráil ann, sa mhéid nár dhein sé aon chostas thairis an ngnáth a chaitheamh léi. Bhí iontas air nuair fuair sé cuireadh pearsanta chun suipéir le Leonail.

Bhí bord beag leagtha cois tine i lóistín phríobháideach an Phrionsa agus, seachas na giollaí, ní raibh aon duine i láthair ach iad féin.

'Ní dhéanfaidh tú comhrac sa turnae amáireach?' cheistigh Leonail gan réamhfhógra, gan agús.

'Ní raibh san ar intinn agam,' do fhreagair Gearóid go haireach.

'Ní ceadaítear domhsa é,' arsa an fear eile. 'Is luachmhar leo mo bheo, is dealrach. Tá m'éide agus mo mhórchapall díomhaoin. Tuigtear dom go rúnóidís thú. An mbainfeá triail astu?'

Bhraith Gearóid an dúshlán. 'A thiarna diúice,' ar seisean go hamhrastúil, 'níor mhian liom easonóir a tharrac ar do libhré-se. Is tais mo threoir ar chomhrac nósmhar. An sórt eile is mó a chleachtaimid.'

Do gháir Leonail. 'Tá an teist sin ort,' ar seisean, 'ach is dóigh liom go n-oirfeadh sé dod chlú, i measc na droinge seo agamsa, bheith páirteach leo ina gcaitheamh aimsire, cé garbh leat é, nó baoth. Tá aeraíl áirithe ag roinnt leo, agus ní fearra dhuit dísbeagadh a dhéanamh uirthi. Is mian liom go dtuigfidís mo pháirt leat. Iarraim ort mar aisce é.'

'Ar an gcúntar san cá féidir liom tú 'eiteach, a thiarna.'

Ní raibh de rogha eile ag Gearóid. Glaodh isteach ar cheol agus meileadh an oíche eatarthu gan teannas, ach gur scoireadar go luath ag cuimhneamh dóibh beirt ar an lá le teacht.

Comhrac Giústála

Scaoileadh an scéal timpeall go díscréideach: bhí an tIarla óg ó dheisceart na tíre chun trodtha sa ghiústáil mar ghaiscíoch ar son an Phrionsa Leonail. Chuir sé sin blas coimhtheach ar chúrsaí, agus bhí sé i mbéal-aibh gach éinne.

Eachlaigh Leonaile a ghléas Gearóid lá arna mháireach; ag baile dhó, b'é Seán a dheineadh an tseirbhís sin dó, i seanchulaith airm a n-athar.

Agus an chulaithirt á fáscadh air, do labhair a bhard 'thuarastail' i gceann Ghearóid, 'Mairg a léimeas thar a each,' ar seisean.

I leith is go raibh an méid sin cloiste aige, do labhair an tarna guth, guth mhaor na ngarsún; mar seo do ráidh, 'Fág fén gcapall é, a thiarna Iarla, cuir crann na lainne i dtaca agus fág fén gcapall é.'

Bhí Gearóid buíoch de gan aon scáth, agus dhein mar a comhairlíodh. Níor náirigh sé dathanna an Phrionsa, a bhí snadhmtha sa bhfeilm aige; ní mó ná san a rug sé aon bhua róshuaithinseach. Tar éis na heachtra bhí sé brúite ó sháil go rinn, ach ba bhall é

as san amach de dhlúthchaidreamh Leonaile. Ba
thrua leis gan an Chuntaois 'na theannta, nó
b'fhéidir máthair Shéamais, chun a bheith bródúil as.
Bhí ráite ag a chéile leis go tnúthánach agus é ag
fágaint Thrá Lí, 'Is trua nach é Seán atá ag dul;
bheadh scéal abhaile aige sin ar fheisteas na mban.'
Ag an am san, níor leig sé air gur chuala sé í, agus
rith smaoineamh chuige ar mhná uaisle na cúirte gur
luachmhar leo gach prionsa: *les dames de la cour pour
qui tout prince est beau.*

Tamall dá chionn san bhí giollaí ó Leonail ag
doras a lóistín ag Gearóid, agus an capall mór troda,
an *destrier*, ar adhastar acu, fara miúil shocair, í
ládálta fé airm agus éide an Phrionsa. Bhí scríbhinn
fós ag an ngiolla a bhronn an t-iomlán ar Ghearóid
ón uair go raibh a gcomhuasal feidhme bainte aige
astu!'

Cill Chainnigh

Sarar fhill Leonail ar Londain tionóladh parlaimint i gCill Chainnigh. Mar ba dhual dá stádas d'fhreastail Gearóid uirthi an fhaid a bhí sí 'na suí. Tá, ár ndó, cáil ar an staitiúd d'fhonn chosctha Ghaelú na gcóilíneach a ritheadh an tráth san.

Ní ar a chompord ar fad a bhí Gearóid ag céimniú sráideanna cathrach na mBuitléireach dó; bhí teannas riamh idir Ghearaltaigh agus an treibh eile, rud nár leigheas an pósadh. D'aithin an geocach, Lúidín, a bhí lena chois an lá san, an míostá san air agus bhain míniú eile as.

'Ní buíoch a thuilleadh tú den ndáimh, a thiarna Iarla?' ar seisean, ag tagairt don dlí a síleadh, i measc a lán, ina mhasla ar Ghaelaibh.

'Níl uainn,' arsa Gearóid,' ach go bhfanfaidís ghlanscartha ó cheannaithe an chnósta agus ná cothófaí aighneas insna bailte poirt.'

'Ár ndó,' arsa Lúidín, 'is tais do threoir fhéin ar chódaibh galla-chléire. An bhfuilir meáite a gcomhluadar a sheachaint feasta?'

74

Má luigh an bhróg ar Ghearóid, níor admhaigh
sé é. 'Tá giollaí agam chuige sin,' adúirt, agus do
gháir an bheirt acu.

Ní fada 'na dhiaidh sin gur tháinig tuairisc a
cheap Gearóid mar Ghiúistísire, sé sin mar fhear
ionaid an Rí Éadbhaird i lorg Leonaile, agus is beag
ábhar gáirí a bhain sé as an bhfeidhmeannas san le
linn dó bheith in oifig, mar atá breactha thíos.

Fear Ionaid an Rí

Chuaigh an ghairm scoile amach agus, ó b'é Gearóid a d'eisigh, chuaigh go dtína rúnchairde, mar mhaise uirthi, aiste filíochta:

> 'Anois tráth an charadraidh
> Do chomhall dona cairdibh;
> Gach cara 'gar ghabhamair,
> Gabhadh linn luach ar cairdis.

> Le coitchinne ár gcaradraidh
> atáid Gaill agam aoradh,
> gurub i ndóigh mh'anacail
> thugas ucht ar fhéin Ghaodhal.

> Do lidhfidís Saxanaigh
> orainn i dtíoraibh falaigh
> Nach romhó do thargamair
> ar Ghaoidhealaibh ná ar Ghallaibh.

> Fuilngim tír na nÉireannach
> nach rachainn i gceann Ghaoidheal
> mina tíosadh éigeantas
> ó ríogh Shaxan dom laoidheadh.

Comhairle do cheanglamar,
gíodh di tháinig ar mbascadh:
cur i gceann ar ndearbhcharad
d'eagla fheirge ríogh Shaxan.

Fearr liom bheith 'gam bráithreachaibh
gíodh créad a n-intinn umainn
ná beith a gcoir bhráighdeanais
Ag ríogh Shaxan i Lunainn

Dhearc Gearóid uaidh ar an bhfórsa a bhí cruinnithe
aige ar bhán dhúnárais Chaisleán Nua na nGearalt-
ach in Uibh gConaill. Tuigeadh dó ná raibh aon
droch-chuma ar rúid Mhac Thomáis ó chuaigh sé
féin 'na ceann: suas le leathchéad fear, capaill mhiona
tiubha fúthu, léine den lúirigh ar gach duine acu agus
caipín clogaid ar a cheann, arm dá rogha féin aige ar
láimh, bogha go minic nó crann tabhaill, sceana agus
claimhte fána choim: i dteannta na marcach bhí na
heachlaigh lúthchosacha agus soláthar ga á iompar
acu. Théidís sin de léim ar chúlaibh an mharcaigh nó
thúirlicídis mar d'oireadh i bhfaitheadh na súl. Lena
chois sin uile bhí ceithearn na gCárthach, fé cheannas

Chormaic mhac Dhiarmada; agus ansan na Gall-óglaigh: piardaí armtha cloiche, gach fear acu agus an claíomh mór ar nós garman ar a ghualainn, é sin nó an t-ábhaltua sainiúil Lochlannach ar a n-aithnítí iad.

Cath Mhainistir an Aonaigh

Bhí Ó Briain ag tiomáint creiche ón dtaobh ó dheas den tSionainn agus Gearóid insna sála air. Ag Mainistir an Aonaigh — bhí an túr dronuilleach le haithint os cionn na croslainne — chonaic na tóraithe an tsmúit 'na scamall ag éirí ó thriomach an bhóthair os cionn na tána. B'ait le Gearóid nach ar bhán na mainistreach, fé chosaint an Aba, a chuir an Brianach an chreach ón tsín, óir b'iad Brianaigh a bhunaigh an t-ord ar an láthair sin. Bhí sé sona nach amhlaidh a tharla, óir ba leasc leis féin argain chille. Bhí fán ag teacht ar a chuid smaointe, 'Cá tairfe gan cill a chreachadh?' B'ait leis fós an tsráid a bheith folamh gan duine ná daonnaí roimis. Tuigeadh dó nár mhór dó bheith ar aire agus, san aga san féin, chonaic sé chuige, amach fé scáth na smúite, an marcach aonair. Níorbh fhéidir nárbh é an Brianach féin a bhí ann agus é ag céimniú go neamhdheifreach ina dtreo. Bhí capall mór Gallda fé, mar bhí fé Ghearóid, agus culaithirt den mhiotal gheal. Níor stad sé go rabhadar taobh le taobh.

'É seo mar shásamh in easonóir do mháthar,' ar sé le Gearóid, agus ar an nóimint sin mar scaoilfí gaiste nó mar d'iafadh súil ribe, do phreab cúlgharda na mBrianach ón luíochán ina rabhadar ar dhá thaobh na slí agus chrom ar an slua Gearaltach a leadradh.

'A Rí na nGlóire,' mhaígh Gearóid fé alltacht.

Oiread de frí de sheachnaithne, ach ba leor é. Ghuailligh Ó Briain dá chapall é, agus fé mheáchaint lúirí is armála bhuail sé talamh de thoirt a bhain an anáil as. Bhí an Brianach ar a bhonnaibh os a chionn.

'Géill,' ar seisean.

'Coimrí lucht mo leanúna ort,' do ráidh Gearóid de thréaniarracht.

'A bhfuil fágtha acu,' arsa Ó Briain go tarcaisneach.

Seó Bóthair

As san amach bhí a dhíol d'aga ag Gearóid chun cion
a dhearmadaí a mhairneadh. De réir a chéile do
ghléas an t-aithreachas é féin mar dhán, mar iarracht
ghrinn. Chuimhnigh sé ar na tomhaiseanna agus ar
na cruacheisteanna a bhíonn ag leanbhaí, ar an
mbéarlagar rúnda a chum sé féin tráth, tré ruball
mearaí a chur le gach focal coiteann, agus do mhaigh
a ghean gáire air:

> 'Failleagán beag, failleagán —
> Má ní féin is doiligeán —
> A thoradh mo bheannachán
> Is mé réidh chun anbhacán.
>
> Ochón, mise an dúdagán!
> Aithghreim air dob' aiteagán;
> Tig bean Chaiseal Cheallacháin
> Fá hata lem' fhaireachán.
>
> Muire bheith in urragán
> A bhfuair riamh ní fearragán —

Más ar chnochaibh neamhagáin
Is nár ghaibhe failleagán.'

Ba bheag mar ábhar suaircis é, ach thug sé misneach
don té a cheap, agus bhí sé i ngátar misnigh.

Seó bóthair! Agus é féin ina staicín áiféise. Lucht
páirte na mBrianach ag preabadh airde léim ghiorria
ó thalamh le líonrith ar gach taobh de! Bairéadaí á
raideadh san aer!

'Bean Chaiseal Cheallacháin fé hata le mé
fhaireachán!' do ghearáin Gearóid. 'Fada ó hataí a
tógadh í.'

Ainm Bhriain Chatha an Aonaigh de liú ins gach
béal. Bhí an baiste san déanta ar thaoiseach na buaí
mar bharr ar a choncas. 'Nár mhaire sé an "seanainm
nua" aige,' do ghuigh Gearóid.

Chruinnigh sé iúl uile a chloiginn ar chomhair-
eamh na siollaí, gach mír dá chéill ag leabú go cruinn
mar ba mhian leis é. Chruthaigh sé fál idir é féin
agus gach aithis, ach ar a shon san agus uile ní lú ná
san a d'aithin sé go raibh mná uaisle i measc an tslua
a d'fhéach le trua ar an 'Iarla Óg' agus é á iompar
féin chomh huasal san insa chruachás so. 'Fada ó
hataí a tógadh iad,' do rith an smaoineamh arís leis,
ach *when all fruit fails, welcome* sceachóir.'

Braighdeanas

Folús! Ní raibh taithí aige ar an ndíomhaointeas. Bhí slabhraí den gcruaigh ar chaolta a lámh agus ó alt go halt coise; bhíodar éadrom, fíneálta ach dobhriste, oiriúnach mar cheangal ar fhlaith a mbeadh súil le hairgead mór fuascalta air. Ní raibh sé in aon uamhain fé thalamh ná in aon tsoiléar. Bhí scáil ón uisce ag rince i solas fuinneoige ar an síleáil. Bhí sé i seomra réasúnta geal, stór os cionn na talún, i dtúr nó i gcaisteal ar oileán i mbéal abhann an Fhorghuis. Bhí leaba ann. Shuigh sé ar thochta na leapan agus leag a cheann idir a dhá bhais. 'B'fhearr liom mo bhás,' cheap sé, ach b'eolach dó ná raibh san fíor. An fear dána san a bhí de shíor ar iostas in' aigne, chuaigh i mbun oibre:

> 'Ní fhuil an t-éag mar a theist,
> A dhream a deir a bheith tréan.... '

D'éirigh sé 'na sheasamh agus ghaibh de thruslóga ó cheann ceann leacacha an urláir ag tomhas na siollaí dhó. D'ardaigh a mheanma, gháir sé, agus do thuill greann mór na nGearaltach ina chroí isteach: 'Dar fia,' ar seisean, 'tá speach sa ghearrán fós agus miotal chun marthana!'

Sa halla thíos phrioc an garda a gcluasa. 'Aire ar an mbioránach thuas,' arsa fear acu. 'N'fheadar éinne ach go dtabharfaidh sé fós na cosa leis.'

'Ar do chúlfhiacail,' arsa a chéile. 'Agus gurbh é siúd a bheith i mbraighdeanas atá mar anlann ag Ó Briain ag itheadh a chuid bídh dó.'

Bhí cáil ar an Iarla Óg mar fhear mór ban, agus is ródhócha gur mar olc air a cheap an Brianach bean thostach thonnaosta mar fhriothálaí coirp air. Má sea, spreag an tseirbhís nár thaithí leis féith na finn-scéalaíochta i nGearóid, agus rinne sé a mharanadh ar an gceangal san idir seanchailleacha agus óglaochra atá coitianta sa tseanchas, go mórmhór agus ríocht ar fhlaitheas i gceist. Scéalta a dtug Diarmaid fadó rabhadh dhó fúthu nuair tuigeadh don leanbh gurb é ba bhrí leo ná gur ghealladar Éire, nó an Mhumha ach go háirithe, do Ghearaltaigh. Ba chuimhin leis gur cheap sé féin ag an am, in aimhdheoin a raibh de

chion aige ar Dhiarmaid agus de mheas aige ar
fhábhar an Chárthaigh óig chuige, nár ghá go
mbeadh an ceart aige i gcónaí. B'é tuairim Dhiar-
mada gur leis na Cárthaigh a bhain na scéalta agus
nuair a thabharfadh an t-óglaoch, leithéid fhéin
Dhiarmada, póg don gcailligh, go ndéanfadh spéir-
bhean mhíorúilteach di a bhronnfadh as san amach
gach craobh air. B'eol do Ghearóid ó thús gur dó
féin a bhí an eachtra so i ndán, ach bhí sé de chiall
aige gan guth a thabhairt don mbreith sin. Gháir sé,
bhí gach seans anois aige tátal a bhaint as an dtéiric,
ach ar fhéachaint dó ar a shearbhónta ghramhasach,
nár aithin féin an bheannacht uaidh, dob' é a bharúil
é nárbh fhiú an duais an phiolóid. Bhí ardú mean-
man dó sa smaoineamh gur bhagair lucht seanaoise
agus míghnaoi riamh ó thús staire tíorántacht ar óige
agus ar bhreáthacht, díreach mar bhí anois á
fhulaingt aige ina phearsain fhéin. Scaoil sé leis an
bhfonn áilteoireachta agus d'aclaigh na ranna iad féin
ar 'ordú:

> A chailleach na foraire
> bhíos 'na codladh go camhaoir,
> iongnadh mina mothaighe
> a mhéad atá ort d'anaoibh.

A athchailleach fhorasta,
is d'airdheanaibh mná h'aoise
grádh bídh is mian chodlata
comhrádh barrghaoitheach baoise.

Mairg dár cinneadh comhnaidhe
ar do chomhair go madain
agus tusa id choncaire
mar bhíos bradhall ar charraig

Is fiarfaidhe aiceanta,
nó is ceist ar lucht na séimhcheard
créad fá bhfuilid cailleacha
riamh do mhacámhaibh Éireann?

Nocha tusa id éanarán
fuair anachraoibh ó mh'aithghin;
ní mó is mise céadmhacámh
do bhí i ndaoirsine ag cailligh.

Do bhiadh agam fhiarfaidhe
do mhacámh ar dhruim Bhanbha
an dtarla don Diarmaid-se
cailleach riamh a mac samhla....

86

Bhí cultas Ghearóid á leathadh i measc aos óg chúirt an Bhrianaigh. Bhí ranna dá chuid i mbéalaibh gach éinne,

> Is mé féin an tIarla óg
> Do gheibh póg ó mhná ag ól….

nó

> Ba shúgach aonmhac Mháire!
> Ní mhilleann cluiche cráifeacht.

Ba lá fén dtor acu é teacht chun an túir 'na mbuíonta ag iompar chácaí meala dhóibh agus flaigíní den bhfíon. Bhí táille iontrála le híoc acu, ar ndó, leis an gcailligh, rud nár altaigh sí le Gearóid, cé gurbh é féin pátrún an turais, ach níor mhór leis di an méid sin, óir thóg na cuarta cian de, agus é 'ar ceant i measc a charad' mar samhlaíodh dó; fós thugadar ábhar cumadóireachta dhó.

Mar seo tharla. Bhí cailín dána dúbhúclach dea-chraicinn ar na cóisirigh nár mhiste léi bheith páirt-each i gceaintíní. D'aithin Gearóid an claondearc á oibriú air, ach ní raibh aon tsúil aige go bhfaigheadh sé roimis sa leaba í nuair a bhí a comrádaithe go léir díbeartha aige, fé mar tharla oíche áirithe. Ní raibh sé in aon chor i ngalar na gcás; barra na méire níor leoite dhó a leagan ar bhean mhuinteartha an Bhrianaigh, ó b'é sin ba shéiléir dó. Níor mhór í a scanrú uaidh, agus é sin go tapaidh. Tháinig ortha a shaortha chuige 'na ábhar rainn: *A Mháiréad, cuimhnigh ár ngaol. Nach Brianach mise mar aon leat? An nós é eadrainn Brianaigh, gach bráthair a dhul in airde ar a shiúr?* Chuirfeadh sé slacht fós orthu, ach bhí feidhm le baint láithreach astu.

Luigh sé a bhraoithe uirthi go dúrúnta i leith is go raibh fonn air an col a shárú go borb. Thug sí aon fhéachaint amháin air agus chuaigh de léim as an leabaidh i dtreo an dorais, gach scréach aisti gur oscail an tseanachailleach di.

'A mháthair áil,' arsa Gearóid go tiarnúil, 'd'fhágais sicín id dhiaidh. Tabhair leat an bhean uasal so, nach dual di aon fhionraí fhada in a leithéid seo de láthair, pé cuma inar tháinig sí ar dtúis anso. Féach chúichi go haireach ar do chúlfhiacail, agus féach fós ná déanfar aon bhuairt nide a thuilleadh ormsa anocht.'

Shleamhnaigh Máiréad amach; húm ná hám ní dúirt an tseanabhean.

Saoirse

Seán a tháinig dá fhuascailt. Scaradar go fuar foirm-
eálta leis an mBrianach. Bhí déanta amach ag Gearóid
ná raibh léamh ná scríobh ag an tseanchailleach, agus
bhronn sé uirthi cóip desna véarsaí a bhí cumtha aige
uirthi, fara gan amhras, dúthracht éigin airgid ar son
a tindeála air.

Bhain meisce le bheith saor arís i measc lucht a
chumainn: an radharc, an t-aer, an capall, an bóthar.
D'eachtraigh sé i modh magaidh do Sheán ar a shaol
mar chime. Reic sé cuid dá véarsaí braighdeanais leis
agus gháireadar araon fúthu:

> I ndíogail a ndearnsad rum
> — muna dearnar ní bhus mó —
> dá dteagmhadh dhún dul bu-dheas
> do bheimis i measc a mbó.

Agus arís:

> Cruit Í Bhriain fá sirim beoir
> fa hiad mo thrí ceoil do ghnáth,

faoidh chloig Innse don taobh thiar,
nuall na lice ag triall sa sál:

Giodh glé binn an leac rem' thaoibh
agus gé binn faoidh an chloig
dar a' Rí fhuil os mo chionn
is robhinne liom an chruit.

Bhí cead taistil, ar ndó, trís an gClár acu ón mBrian-
ach agus níor stadadar go hÁth Dara tar éis dóibh an
tSionainn a thrasnú. Sheachnaíodar Luimneach.
Tuigeadh fós do Ghearóid go raibh amhras éigin ag
roinnt leis an bhfáilte roimis. Níor cheil seanascal an
mháineára cóir ná cúirtéis orthu, ach in ainneoin sin
bhraith Gearóid ina phearsain íslithe.

An Chuntaois agus an Luaircín

Suite dhó i halla an chaisleáin ba chlos dó an trácht ar an mbán leasmuigh agus d'éalaigh snáithe beag ceoil isteach ina chluais. Buachaill a bhí ag cíoradh chapaill agus ag portaireacht fé bhun na fuinneoige. Dhein Gearóid amach na focla agus theannaigh air:

> '... Nó an gcuala tú scéal Ghearóid Iarla?
> Gur éalaigh uaidh a Chuntaois
> Le luaircín an feadh bliana....'

'Do-bheirim an t-áirseoir!' d'eascainigh an tIarla céanna agus chuir fios ar Sheán. 'Cad é an rabhcán san a chloisim á ghabháil amuigh?' d'fhiafraigh sé.

'Ó,' arsa Seán, 'ná cuir aon nath ansan. Tá sé nach mór dearúdta acu. Is annamh a cloistear anois é, cé go bhfuil leaganacha eile dó ann.'

'In ainm Chroim! Cad chuige go gcloistear in aon chor é? Cad is bun leis?'

'Bhuel,' arsa Seán, 'nuair chuireamar an Chuntaois ar lámh shábhála abhaile chun a muintire aimsear an mhustair chun catha, thug sí turas cuíosach feiceálach feadh na mbóithre go fearann na mBuitléireach, í féin agus an cláirseoir abhaic aici, agus iad ag seinm agus ag rince ar nós na nÉigipteach. Tógadh ana-cheann dó!'

''Íosa Críost!' Do leag Gearóid a cheann idir a dhá láimh. Tar éis scaithimh d'fhéach sé in airde arís. 'Táim,' ar seisean, 'chun turas a thabhairt ar mhuintir Bhriain Bháin, féachaint cén bhail atá ar mo mhac Séamas.'

'An bhfuilir ag braith ar an mháthair a thabhairt abhaile?' ar Seán.

'Tharlódh san,' d'fhreagair Gearóid.

'Agus muran toil léi teacht?'

Gháir an dearthair críona. 'An lá ná féadaim bean a bhréagadh, níl an tsláinte agam,' adúirt.

'Ba chuí dhuit,' ar Seán, 'réamhthuairisc a chur romhat!'

'Féach chuige,' ar Gearóid.

An Tarna Mac

'A mhic an Iarla,' arsan bhean chiúin staidéartha 'na seasamh os a chomhair, 'is fada ó scair ár slite ó chéile. Táimse pósta ó shoin — níor mhór dom fear a chosnódh an leanbh, fear den aitheach-thuaith, de mo mhuintir fhéin, go bhféadfainn braith air. Tá foirtiún na n-uasal ró-ghuagach dár leithéidne, fiú más mac féin tú "de chuid shíol mBriain, nár hoileadh riamh i measc Gall," mar deir an t-amhrán.'

Is ar éigean a d'aithin sé í.

'Ar mhaslaigh éinne thú? Ar tugadh aon aithis duit?'

'Táim ag féachaint chuige ná maslóidh agus na tabharfar,' do fhreagair sí.

Tháinig an slataire isteach, buachaill caoldubh cnámhach, a dhealraigh a bheith eascartha thar a chuid éadaigh. Bheannaigh sé go béasach dá athair agus d'fhéach go ceistitheach ar a mháthair.

In aghaidh a thola do gháir Gearóid. 'Aithním,' adúirt, 'giobail an linbh a bhfuil a athair fé ghlasaibh. Réiteom ach go háirithe an méid sin gan mhoill.'

Chuardaigh sé a chroí; níor théigh sé ná níor fhuaraigh. Nuair a chinn sé ar an gcuaird bhí ar aigne aige mac agus máthair a thabhairt leis abhaile. Ba léir nárbh fhéidir dó san anois: ní thiocfadh sí leis, agus níor bhraith sé aon dáimh leis an ngarsún. Chrom sé ar é a cheistiú mar cheistíonn sinsir an t-aos óg. Fuair sé freagraí múinte. Dhéanfadh a mhac friotháilt air an oíche sin ag bord agus d'fhéachfadh sé féin le costaisí a chothaithe a shlánú len' athair altrama. Ní móide go bhfeicfeadh sé arís an mháthair. Bhí sin tugtha aici le tuiscint dó.

Bhí an t-aithreachas cheana a ghléasadh istigh ag an rannaire 'na cheann.

A ionmhain, do sheachnais-se
do theach damsa is mé id' ghoire;
fearr inne dár ndeachraidhne
deachradh dá ndearnta roimhe.

Deachram feasta d'ionnraiceas;
Mithid bheith cunnaill céillidh….

Chaith sé uaidh mar scéal é.

An Baile

Ghluais an marcshlua chun siúil. Shamhlaigh Gearóid
amhras fé choim orthu. Ní rabhadar ar a suaimhneas
'na gcraiceann. 'Ná mise ach oiread leo,' do mhaígh
sé de ghnúsacht. 'Ná cuir faid le baois th'óige go
dtige náire th'aoise.' Bhí sé de chiall ag Seán gan cur
isteach air agus é sa iúmar san, agus is ar an gcuma
san a shroiseadar Caisleán Nua na nGearaltach.

Níor éadromaigh ar mheon Ghearóid. Bhí an
teaghlach bailithe ar an mbán roimis — gach éinne acu
ach an Chuntaois. D'fhéach sé ar Sheán óg, ar a mhac
sinsir: fionn seachas dubh, dea-chraicinn seachas buí,
gnúis-oscailte seachas rúnda, lán de chion, de
dhóchas agus d'fháilte roimh 'athair; níor thóg an
t-athair sin ceann den ngearrchaile, de Chaitríona
bheag lámh leis, agus do chuaigh sise de léim i
mbaclainn a huncaile.

Phóg Gearóid an mac ar a bhaitheas, ach go neaf-
aiseach, agus a d'fhiafraigh, 'Cá bhfuil an Chuntaois?'

Seán críonna, mar caithfear a thabhairt anois ar
dheartháir Ghearóid, do fhreagair. 'Tá sí trí chéile

roimh do theacht,' ar seisean. 'Tá sí ag feitheamh leat sa ghrianán, sa tsólar.'

Thug Gearóid an caisleán air féin. Bhí sí suite i mbéal fuinneoige — fuinneog bhreá nua fairsing a hosclaíodh le déanaí sa bhfalla.

'Taoi tagtha,' adúirt sí.

'Iomad na scéal agam ort,' ar seisean. 'Aoibhinn leat codladh amuigh! Aoibhinn leat canadh i máigh!'

Bhí cuirtín trom ar an bhfalla lena n-ais. Corraíodh é, agus nocht an t-abhac, Fraenaí, é féin.

'Fóill,' ar sé. 'Fóill, a Thiarna Iarla, cé eile a chuir timpeall na scéalta san dá dtagrair, ach tú féin?

'Giodh do dheoin mheic Í Dhuibhne
Tugsad seal suirghe sáimhe
Is d'aindeoin Fhinn an fhiadhaigh
Do bhí Diarmaid ag Gráinne.

'Ceartas ríocht Mumhan, mar dhea! Cad a thuigeadh éigsíní na sráide as an dtriantán san ach an rud a thuigeadar? Filleann an fhastaím ar fhear a chumtha.'

Rug Gearóid ar stuaic ar an bhfear beag, ach do bhain a dhearg-chorráistesan siar as.

'Scrios!' do raid sé le hiarracht uaidh agus bhrúigh sé an t-abhac chun an dorais.

Níor theip ar a shruthsan cainte. 'Féach orm,' ar sé. 'Mise an t-amhantarán lena bhfuilir i bhformad. Is deartháir cíche di mé: hoileadh in aon chliabhán sinn.'

D'umhlaigh Fraenaí go tarcaisneach agus d'fhág an seomra.

D'iompaigh Gearóid arís ar a mhnaoi, ach bhí a racht tugtha aige. 'A chroí istigh,' ar sé, 'téanam 'on leabaidh.'

'Níleann tú chun í a chur uait?' do ráidh Seán arna mháireach.

'Nílim,' ar Gearóid.

'Bheadh dlistineacht na bpáistí i dtreis,' ar Seán.

'Bíodh,' ar Gearóid. 'Is ar m'aigne féin imrím, cé go mbeinn tríd gan oidhre!'

Agus fágadh an scéal mar sin.

III
CLABHSÚR

Bás Dhiarmada

Thugadar chuige léine Dhiarmada, scriosta ó bhóna go fáithim agus lán d'fhuil. B'fhada ó shil Gearóid aon deor, ach do ghoil sé anois go fuíoch; ba ró-oth leis páirtí a chroí ó laethanta a óige ina uath dhósan i gcrólúí an bháis, ach do chaoin sé fós soirbhdhóchas an ama san agus fiú a dhúil féin i mbeith beo. Clibirt idir mhionuaisle timpeall teorann, Mathúnaigh agus Cárthaigh agus, mar mheas Gearóid, do múchadh beatha phátrún na laoch ó aimsir na bhFiann aniar, gur cuireadh thar a aghaidh úir an teampaill! Chaoin Gearóid anois an t-óganach soilbhir dea-mhaith-easach a d'adhain cochall an cheana sa gharsúinín aonraic, arbh é féin é, an tráth bhuaileadar ar dtúis le chéile. Chaoin sé cara stóinsithe na mblian n-aibiúil, an comhghuaillí acrach nár loic riamh air, agus d'aithin sé siolla fuar na críonnachta ag séideadh fá bhun na gcluas aige féin. Nár mhór dó anois déileáil le mac Dhiarmada, le Cormac? Féachaint chuige gur glacadh leis mar chaptaen ar Chárthaigh Mhúscraí gan freasabhra? Agus ansan ó bhliain go bliain, treisiú leis sa chéim sin? Sop in ionad na scuaibe a bheadh i gCormac in áit 'athar, agus caithfí bladar agus bréagadh d'oibriú de shíor gan traochadh.

Scaoil sé osna:

> 'A Dhiarmaid níor scarais-se
> Liom riamh, 'fhir mhiochair mhaorga,
> Gur cuireadh thar th'aghaidh-se
> Úir theampaill Ghiolla Aodha....'

Agus ansan go buartha: 'Ort do chonghaíl, a Chormaic. Sruthlam fola an dúchais nár theipe anois ort!'

An oíche sin, os cionn bídh sa halla, do sheinn an cláirseoir 'Scaradh na gCompánach.' Go cráite rinne Gearóid admháil leis féin. 'Ní buíoch mise do Chormac!' Ba bheag a cheap sé ag an am, go mbeadh, le himeacht aimsire, léine fhuilteach eile de chuid na gCárthach á caoineadh aige, léine an Chormaic ghiodamaigh sin a bhí anois in' ábhar tinnis dó, ach is amhlaidh a tharla.

An Seandraoi

Do thug Gearóid cúl leis an ndán — níor bhinn leis ceathrúintí sin na tarcaisne a bhí fós ag leanúint na Cuntaoise. Seachas san, ó thráigh an cumann le Cárthaigh, cé mholfadh aon adhmad uaidh? Ansan, tar éis na mblian, nuair cailleadh a chéile pháistiúil thaodach, cheadaigh sé dhó féin arís an ghluais shaoráideach san ar fhírínní an tsaoil; anois nó riamh, níor mhór aitheantas foirmeálta uirthi. Chrom sé ar mharbhna, ach bhraith sé défhiúsach é in ainneoin a dhíchill.

> B'fhearr liom a haithiomaidh,
> Ná aon iomaidh ar domhain.... '

Agus arís:

> 'Do ghéanainn a marbhnaidh-se
> Dá leigeadh a grádh dhamsa,
> Dámadh fearr dá hanmain-se,
> Ná guidhe ar son a hanma.'

Chuimhnigh sé ar lá a bpósta agus do bhreac ar na

himill, 'Atá an buafalán buí fós.' Ní raibh inti ach leanbh; mhaigh a gheangháire air:

'Mairg do mhac na fíoróighe,
tug an aoinbhean do thoghas,
Is go raibh 'gár dTríonóidne
mná na cruinne ar a chomas....

Níl iontu go léir ach leanbhaí tar éis an tsaoil; aithním ó chéile iad, ach ní aithním tharna chéile iad, mar do ráidh Cormac mac Airt.'

Tar éis bháis do Dhiarmaid déarfá gur dhein díthreabhach de, de réir a chéile. Go dtí seo, agus é mar *chustos pacis,* bhí cáil na sochaidreachta agus na fíre flatha air. Anois d'fhág sé cúraimí na hIarlachta fén mbeirt, fé Sheán, a dheartháir, agus féna mhac, an tarna Seán. Nuair tháinig an tarna Risteard, Rí Shasana, ar a thuras go hÉirinn, dob iadsan a d'eagraigh cuid mhaith den mhargántaíocht go léir idir coróin agus cliantaibh.

Lonnaigh Gearóid i gCaisleán na Carraige i gCarraig Ó gConaill — gnáthóg ab ansa leis — i leith is go raibh a shúil ó thuaidh aige ar Bhrianaigh, ach níor shíl éinne ón méid sin aon fhonn mór troda a bheith a thuilleadh air. Ar a phríobháid ina sheomra, mar mhanach in aragal, chaitheadh sé tamallacha fada táite os cionn na leabhar, a gcuireadh sé Fraenaí uaidh dá gceannach ós gach cearn. Chuir sé snas as an nódh ar a chuid Laidne; léigh sé trachtaisí ar luibheanna agus ar leigheas; chuir sé fios chuige ar aos feasa idir fhearaibh agus mhnáibh; rinne sé tátal ar phúdar gunna. Ba chuimhin leis píosa ordanáis a bhain le complacht an Phrionsa Leonail: seod den mbróinse, miontsabhail de ghunna mór, agus a chíocraí is a bhí a dhúil féin ann, dúil chomh tréan leis an bpeaca!

Creidtí go raibh diablaíocht de shórt éigin ar bun aige, agus níor chuir sé aon iarracht amú chun an tuairim sin a shéanadh. Ná creideadh a Chuntaois riamh go raibh an claonadh san ann? Muna mbeadh na bruíonta ócáideacha a bhíodh aige go rialta le deartháir na céile sin nár mhair, le Buitléireach Urmhumhan, ní dócha go mbeadh iomrá dá laighead air insna blianta san seachas mar sheandraoi. Maidir le bruíonta, fé mar tharla, ní raibh ó éinne de bheirt acu súd ach iarraim cúis. Nár ríomhaigh Easbag Chill Chainnigh é le linn Aifrinn? 'Eterne Deus, duos sunt in Eremoniae qui destruunt nos et bona nostra, videlicet Comes Eremonie et Desmonie cum eorum sequela, quos in fine destruet dominus, per Christum Dominum nostrum!'

'Bhí fhios agam,' do mhaígh an Chuntaois, 'luath nó mall go léifí ón altóir sibh.'

Ba gheall le crith talún é gáire an Iarla.

Ar an lá áirithe seo shiúlaigh Gearóid amach ón gcaisleán in' aonar. Níor chaill sé an nós san riamh, dá mhéid comhairle a bhí fachta aige 'na choinne. Lá earraigh a bhí ann, grianmhar ach glas go leor, an t-aer lán de bhíogadh an tséasúir. Thóg sé ceann den éanlaith agus desna fáiseanna agus d'altaigh sé an Mhaighdean Mhuire, ise agus Naomh Íde, mar a bhí déanta aige gach lá dá shaol chomh fada siar lena chuimhne.

Go hobann cuireadh géag fána mhuinéal ón dtaobh thiar de, agus tarraingíodh a cheann siar i ndiaidh a chúil. Chonaic sé lansa na scine duibhe agus d'aithin sé an aghaidh leaistiar di. Leas-athair a mhic thabhartha a bhí ann, céile chailín an tábhairne, agus sarar éag an solas i súilibh an Iarla, d'aithin sé go raibh rian á oscailt ag Brianaigh chun go raghadh a ndalta Séamas, an bastard, i gcumhacht.

Agus é á bhádh ina chuid fola féin smaoinigh Gearóid ná déanfadh an fear óg san droich-Iarla in aon chor.

Ar ámharaí an tsaoil do shrois an scéal an dá Sheán sarar thosnaigh na ráflaí ag imeacht.

'Nár cheart,' arsa Seán óg, 'scéala a chur chun mo dhearthár?'

'Déarfainn,' arsa a uncail go tur, 'go raibh san aige sara raibh sé againn.'

'Súil agam ná tuigim i gceart thú,' arsan fear óg.

'Tuig mar is mian leat mé,' d'fhreagair seisean, 'ach bí ar t'aire. Tá ábhar Iarla anois ag na Brianaigh agus bainfidh siad súp as. Fairse do chúl. Seachain an droch-bhraon; mise mac na Gaillsí agus ní miste dhom é a lua: scaoil na Gaeil isteach ar an doras cúil agus féach suite iad ag ceann an bhoird sa halla! Méirdreach í Mór Mumhan ag críoch agus deireadh na mbeart! Tá anois damhna Iarla dá gcuid féin ag na Brianaigh, agus bainfidh siad súp as!

Mar is eol dúinn inniu, fíoradh an tuar san agus rinne 5ú Iarla Dheasmhumhan, le cóir nó le héagóir, do Shéamas mhac Ghearóid de réir sheanchleachta na deirbhfhine, tar éis dó Seán agus mac Sheáin a ghuailleáil i leataoibh. Scéal mór grá de chuid na staire a bheadh ansan: tochmarc mar deineadh ar Ghormfhlaith, ar chéile Uí Ruairc Bhréifne, ar Aoife. Na céadta bliain níos déanaí, scríobhfadh file Béarla 'na thaobh:

> By Feale's wave benighted,
> No star in the skies,
> To your door by love lighted
> I first saw your eyes....

agus bheadh sé á chantan ins gach párlús in Éirinn.

Anois áfach, ní raibh le déanamh ach an corp bocht a thabhairt abhaile. Níodh agus feistíodh fé éadach ghlan é; cuireadh amach gur bás le hadhairt a fuair sé 'iar mbua n-aithrí.'

Tagann ansan bearna sa scéal, ní fios cár adhlacadh na taisí agus, de réir a chéile, ní creidfí a thuilleadh gur cailleadh Gearóid in aon chor, agus bhí a thuairim féin ag cách dá phearsain agus dá thréithe. Ba mhó eachtra ag an bpobal fé; tá pearsa insa mhiotaseolaíocht ar a dtugtar an Cóntóir, agus, tar éis bháis dó, thit an crann san ar Ghearóid. Pé acu báire iomána a bhí i dtreis nó cosaint chathrach ar ionsaí, bhíothas ag braith air. Measadh a chúirt a bheith aige fé Loch Léin, agus go dtagadh sé aníos aisti ar uairibh chun a chapall a mharcaíocht ar bharr an uisce. Cruite airgid a bhí fén gcapall.

Explicit

Iarracht atá anso ar Scéal Ghearóid Iarla d'insint ag braith dhúinn ar a tháirge féin rannaireachta. Tá na haistí a leagtar air le fáil in Studia Hibernica 3 (1963), lgh 7-59, in eagar ag Gearóid Mac Niocaill.

Cérbh í Meg Russell?

Máire Mhac an tSaoi

 Dearcadh ar Shaolré Phiarais Fheiritéir agus go háirithe ar an bpáirt inti a bhí ag Richard Boyle, Iarla Chorcaí. Saothar nua ó dhuine de mhórfhilí ár linne, agus leabhar neamhchoitianta a chaitheann solas na scoláireachta ar shaol agus ar aigne na mionuaisle Gaelacha in aimsir an athrú saoil sa 17ú haois. Nasctar stair agus seanchas ann, cur síos mionchúiseach ar mhilieu an fhile, agus léargas ar choinbhinsiúin liteartha agus bhéasa iompair na linne. Scéal bleachtaireachta a chuireann fuil agus feoil ar chreatlach lom na staire.

"This beautifully illustrated book concerns a romantic interlude in the shared history of early 17th-century Ireland and England. At the heart of the matter is a graceful syllabic poem in Irish by Piaras Feiritéar (1653), accomplished poet of Catholic Old-English stock in West Kerry. Feiritéar wrote it in honour of Meg Russell, the ógh Ghallda or "foreign girl" identified therein as a relation of the contemporary earl of Bedford. This was Francis Russell, the 4th earl. Máire Mhac an tSaoi makes the case that she was in fact a daughter of Francis Russell. She details the circumstances in which a poem in Irish by a person of "middling rank" might conceivably have been presented to an earl's daughter born and raised in England."

—*Máirín Ní Dhonnchadha, The Irish Times*

"An Irish-language book about a remarkable Irish woman written by a remarkable Irish woman."

—*Marc Coleman, Sunday Independent*

Filleann Seoirse

Éilis Ní Anluain

Is i dtraidisiún an úrscéil Eorpaigh atá an mhaolinsint chaol-chúiseach Éireannach seo ar scéal na mblianta a mhair triúr óg ar scáth a chéile, ó theacht an strainséara go scaradh na gcompánach.

'Bhí Muiris stuama. Cuir leis sin an dearcadh rómánsach agamsa agus dearcadh tragóideach Sheoirse agus tá agat trí shleasa ár dtriantáin bhig.' Seacht mbliana fhichead a bhí Lís agus níor bheag a bhí bainte amach aici. Fear maith aici, mac agus iníon orthu, agus iad ag cur fúthu i dteach beag gleoite cois abhann i mbaile cósta i gcóngar na cathrach. Mar sin féin bhí sí leamh den saol, nó shíl sí go raibh.

"Rud nach bhfuil déanta ag mórán úrscéalaithe Gaeilge .i. an teannas sa saol pósta agus an caidreamh idir dhaoine a léiriú. Míreanna an-láidir sa scéal a mheabhraíonn Virginia Woolf agus Simone de Beauvoir dom. Léirítear ann aigne agus íogair an tráchtaire go seoigh." —*Diarmuid Ó Gráinne*

"Guth nua le scéal síoraí, á insint le fuaimint ag fíorscéalaí. Beidh do chroí i mbarra do mhéire agat agus an scéal taibhseach seo á léamh agat." —*Seán Mac Mathúna*

"Is eolgaisí gach aon duine mar gheall orthu féin fé dheireadh an leabhair.... Stíl lom dhíreach a iompraíonn na mothacháin atá á nochtadh aici." —*Alan Titley, Comhluadar na Leabhar, RTÉ RnaG*

"Fileata, scríobhann sí ar nós péintéara." —*Éilís Ní Dhuibhne, Comhluadar na Leabhar, RTÉ RnaG*

Hula Hul
Seán Mac Mathúna

"Ciarraí, 1923. Ar bharr an choma thuas chas sé agus d'fhéach sé thar n-ais. Bhí sí fós ann, le hais an tobair, is a buicéidín aici is í ag féachaint suas air. D'fhéach sí beag, leochaileach, uaigneach. Thuig sé na trí rud san go maith. Ní raibh sé riamh le bean." Insíonn Seán Mac Mathúna scéal Mhait Dálaigh, fear nach raibh riamh le bean; scéal Cháit Bhric, bean óg a bhfuil a saol caite aici ag sclábhaíocht; agus scéal Bhreen, óganach slachtmhar a bhfuil a chrois féin le hiompar aige trí shneachta shléibhte Chiarraí agus é ina chogadh dearg ar gach taobh de.

An Litir

Liam Mac Cóil

Gaillimh, Earrach na bliana 1612. Tá an chathair trí chéile ag ráflaí, brúidiúlacht, agus ansmacht. Tá an tír ar fad faoi cheannas Shasana, agus tá Aodh Mór Ó Néill agus na taoisigh Ghaelacha sa Róimh. Leagtar cúram ar Ghaillimheach óg, Lúcás Ó Briain — cúram rúnda a thabharfadh as a chathair dhúchais é ar aistear fada thar lear. Ach ar a shála tá an Sionnach, duine de na spiairí is glice agus is cruálaí atá ag an namhaid, agus orduithe aige stop a chur leis, ar ais nó ar éigean.

Seo é an chéad chuid de thriológ a thabharfaidh trasna na hEorpa muid i gcomhluadar Lúcáis Uí Bhriain i mblianta tosaigh na 16ú hAoise, agus naimhde brúidiúla sna sála orainn.

"Tá an-mhothú ann don tréimhse in atmaisféar na Gaillimhe. Braitheann tú go raibh tú ann i 1612. Airíonn tú go bhfuil tú i lámha scríbhneora an-snasta."

—Éilís Ní Dhuibhne, Comhluadar na Leabhar, RTÉ RnaG

"Page-turner.... Seasfaidh an scéal seo i measc mórscéalta gaiscíochta an domhain."

—Proinsias Mac a'Bhaird, Gaelscéal

Fontenoy

Liam Mac Cóil

In Chartres na Fraince fuarthas leathanaigh chlóbhuailte ón 18ú haois, agus tagairt d'údar mistéireach na bprofaí seo, an Captaen Seán Ó Raghallaigh. Ábhar an leabhair: Tuarasgbháil ar an gCath clúmhail ris a ráidhtear Fontenoy fearadh i bhFlóndras san Tír Íochtair san mbliadhain d'aois an Tighearna 1745. Sna leathanaigh seo déantar cur síos ar bhua is ar dhíomua, ar thine ghealáin is ar phaisean is ar ghlóir na cogaíochta.

"The recreation of the world of the Irish soldiers of 250 years ago in their own language is a work of artistry of the first order. There is no other novelist in Irish today who writes with the same care, precision and clarity. The novel is a pleasure to read, and is a work of art."

— *Alan Titley, The Irish Times*

"Ceann des na húrscéalta is fearr agus is cumhachtaí dá bhfuil léite agamsa le fada. Cuimhnigí ar Luimneach! Ceannaigí Fontenoy!"

— *Tadhg Dubh Ó Cróinín, The Limerick Leader*

An Cléireach
Darach Ó Scolaí

Ghnóthaigh an chéad úrscéal seo Duais an Oireachtais 2007, agus Gradam Uí Shúilleabháin 2008. Suitear an Cléireach in Éirinn agus ar an Mór-Roinn i lár na 17ú haoise, agus mórthimpeall ar eachtra amháin, ach go háirithe, a thiteann amach le linn ionradh Chromail ar Éirinn, nuair a cruinnítear buíon bheag ar thaobh sléibhe agus, in ainneoin an áir atá á bhagairt orthu, ar feadh aon oíche amháin tagann aiteall sa bháisteach, soilsíonn na réaltóga, agus déantar ceiliúradh ar an ealaín is ar aislingí.

"Táimid sa phuiteach leo, agus sa draoib, agus sa chlabar. Tá leathanaigh anseo nár mhór duit tuáille a tharraingt chugat féin tar éis a léite d'fhonn tú féin a thriomú.... Stíl ghlan láidir."
—*Alan Titley, Foinse*

"Is iad inchreidteacht agus dealraitheacht na scríbhneoireachta a mheallann an léitheoir isteach sa scéal sa chéad áit, agus ardsaibhreas agus cruinneas na teanga a chuireann ina luí air go bhfuil sé i gcorplár na cuilithe pé áit a ghluaiseann an t-aicsean."—*Tadhg Dubh Ó Cróinín, The Limerick Leader*

"Tá saibhreas agus ionramháil na teanga ar aon chéim amháin feabhais ó thús go deireadh an scéil."
—*An tOll Gearóid Ó Tuathaigh, An tOireachtas*

"Tá sé ar cheann de na húrscéalta is fearr dár léigh mé le tamall anuas, i dteanga ar bith. Mo cheol thú, a Dharach Uí Scolaí!"
—*Denis King, Nótaí Imill*

Feis Tigh Chonáin
Darach Ó Scolaí

Nua-insint ar scéal Fiannaíochta a cumadh sa 15ú haois.

Nuair a théann Fionn mac Cumhaill agus Diorraing amú i ndorchadas na coille castar i dteach a naimhde iad agus cuirtear tús le hoíche scéalaíochta a mhaireann go dtí an lá atá inniu ann, agus le bainis a chríochnóidh le loscadh tí agus le marú ar bhruacha Loch Deirgeirt.

Am éigin sa 15ú haois a scríobhadh Feis Tigh Chonáin Chinn tSléibhe, scéal i dtraidisiún mór na fiannaíochta ar nós Tóraíocht Dhiarmada agus Ghráinne agus Agallamh na Seanórach. Le cúpla céad bliain anuas tá an scéal seo á bhreacadh ag scríobhaithe i lámhscríbhinní agus á léamh ag Gaeil cois teallaigh. Sa leagan nua seo le Darach Ó Scolaí tá an scéal curtha in oiriúint do léitheoirí ár linne.

"Athinsint i nGaeilge an lae inniu déanta go fíorcheirdiúil ag Darach Ó Scolaí ar shraith de scéalta Fiannaíochta a ligeadh i ndearmad le fada. Má tá leabhar ar bith chun scéalaíocht na Féinne a thabhairt isteach sa 21ú haois, is é an leabhar dea-scríofa, dea-dheartha seo é." —*booksunlimited*